领略药名诗词的精妙构思

感受中医药文化的韵味之美

[中国诗词大汇] 品读醉美

中医中药文化诗词

陈 冲·编著

中国言实出版社

图书在版编目（CIP）数据

品读醉美中医中药文化诗词 / 陈冲编著. -- 北京：
中国言实出版社，2021.2
 ISBN 978-7-5171-3721-4

 Ⅰ.①品… Ⅱ.①陈… Ⅲ.①古典诗歌－诗歌欣赏－
中国 Ⅳ.①I207.2

 中国版本图书馆CIP数据核字（2021）第010366号

责任编辑 郭江妮
责任校对 代青霞

出版发行 中国言实出版社
 地　　址：北京市朝阳区北苑路 180 号加利大厦 5 号楼 105 室
 邮　　编：100101
 编辑部：北京市海淀区花园路 6 号院 B 座 6 层
 邮　　编：100088
 电　　话：64924853（总编室） 64924716（发行部）
 网　　址：www.zgyscbs.cn
 E-mail：zgyscbs@263.net
经　　销 新华书店
印　　刷 北京市兴怀印刷厂
版　　次 2021 年 10 月第 1 版　　2021 年 10 月第 1 次印刷
规　　格 880 mm×1230 mm　　1/32　　7.5 印张
字　　数 223 千字
定　　价 42.80 元　　　　　　　ISBN 978-7-5171-3721-4

　　我国文化博大精深，在传统文化这条绚烂的历史长河中，古诗词与中医药都不失为其中最闪亮的星星。同样有着丰厚的文化底蕴，古典诗词饱含情感和想象，富有节奏和韵律；而源远流长、博大精深的中医药文化，在诗人的笔下也展现了其独特的魅力。

　　从《诗经》《楚辞》伊始，历代的诸多文人与医家擅长将中医药文化与养生观念嵌入到自己的诗词创作中去，让诗词联句与中医学形成"诗医相通、医词相和"的鲜明特色。这些"中医药诗词"风格独特、构思巧妙，是中国传统文化的杰出代表之一。在学习中医药知识时，既可以让人感受中医药文化的韵味和文学性，也可以领略到古代社会的风土人情和历史面貌。

　　中医治疗方面，唐代刘禹锡在《赠眼医婆罗门僧》中提及了"金针拨障"的疗法："看朱渐成碧，羞日不禁风。师有金篦术，如何为发蒙。"北宋苏轼在《赠眼医王生彦若》一诗中也写道："针头如麦芒，气出如车轴。间关络脉中，性命寄毛粟。而况清净眼，内景含天烛。琉璃贮沆瀣，轻脆不任触。而子于其间，来往施锋镞。笑谈纷自若，观者颈为缩。运针如运斤，去翳如拆屋。"此诗记录了眼医王彦若"金针拨障"法的高超，并且在治疗过程中能够恰到好处地对病人通过良性沟通进行有效的心理疏导。

　　《黄帝内经·素问·上古天真论》中写道："恬淡虚无，真气从之，精神内守，病安从来。"很多文人深谙其道，如唐朝白居易在《负冬日》中就记录了他练气功时的感受："杲杲冬日出，照我屋南隅。负暄闭目坐，和气生肌肤。初似饮醇醪，又如蛰者苏。外融百骸畅，中适一念无。旷然忘所在，心与虚空俱。"白居易认为在幽静之室独坐可以舒缓身体，摒弃一切妄念，从而体会到那种"恬淡虚无"的畅然。

同时，古代明理的文人医家对于时医的很多流弊，如医道平庸、牟利妄为、滥炼丹药等行为进行了客观的评述以警醒世人。唐代诗人兼医家王绩通过《赠学仙者》一诗直面抨击当时人们热衷炼药、跟风服丹、盲目追求长生不死的荒唐行径。北宋石介写下了《哀邻家》，嗟叹邻家翁因庸医不能把握疾病的关键，更不能对症下药，而导致病情加重，强调了"慎选医"的重要性，至今读来依然发人深省。

此外，也有不少文人墨客很善于将中药名写入诗词之中，给死物以活力，赋草木以生机。最早的中国诗歌总集《诗经》中引用的药名就达41种之多，屈原的《离骚》中也描绘了大量的芳草中药，如白芷、木兰、菌桂、薜荔等，客观地反映了当时人们对于中药的认知程度，此后越来越多的诗词作者将中药药名，或其双关、谐音融入诗词，平添许多令人赞叹的诗意与词境。南宋词人辛弃疾在其词作《满庭芳·静夜思》中以中药为意象，形象地表达了思念新婚妻子的浓厚感情，词中的药名包括云母、珍珠、防风、沉香、郁金、黄柏、桂枝、苁蓉、水银、连翘、半夏、薄荷、勾藤、常山、轻粉、粉黛、独活、续断、乌头、苦参、当归、茱萸、熟地、菊花等24味。

诗词与中医药的交融是两种文化的碰撞、交流与融合，展现出古人的智慧。纵观历代文人医家传世的中医药诗词，其"可以意会，难以言传"的文学韵味承载的不仅仅是传统中医药养生等文化理念，还体现了中华民族的独特民俗和豁达高雅的精神追求，是我国诗词文化中的"至尊瑰宝"。

编　者

目 录

5

附　录

采地黄^①者

【唐】白居易

麦死春不雨，禾损秋早霜。

岁晏^②无口食，田中采地黄。

采之将何用，持以易糇粮^③。

凌晨荷锄去，薄暮不盈筐。

携来朱门家^④，卖与白面郎^⑤。

与君啖肥马，可使照地光。

愿易马残粟^⑥，救此苦饥肠。

【注 释】

①地黄：药草名，晒干的叫生地，蒸熟的叫熟地。
②岁晏：一年将尽的时候。
③易：换取。糇（hóu）：干粮。糇粮：泛指饲口度日的粮食。
④朱门家：指富贵人家。
⑤白面郎：指富贵人家养尊处优不懂事的子弟。这里借用其讽刺含义。
⑥马残粟：马吃剩的粮食。

作者名片

　　白居易（772—846），字乐天，号香山居士，又号醉吟先生，祖籍太原，到其曾祖父时迁居下邽，生于河南新郑。白居易是唐代伟大的现实主义诗人，唐代三大诗人之一。白居易与元稹共同倡导新乐府运动，世称"元白"，与刘禹锡并称"刘白"。白居易的诗歌题材广泛，形式多样，语言平易通俗，有"诗魔"和"诗王"之称。有《白氏长庆集》传世。

译 文

春季不下雨麦子都已旱死，秋季禾苗又遭霜。等到年底时已没有了口粮，只好到土里采地黄。采来地黄做什么用？拿它来换取饲口度日的粮食。大清早就扛着锄头出门，直到傍晚时分还采不满一筐。拿着它来到富贵人家，卖给养尊处优的儿郎。把地黄给你的肥马吃，能使它膘壮有力，毛色光亮。希望换些马吃剩的粮食，拿去填塞全家的饿得咕咕叫的肚子。

赏析

地黄是中药名，玄参科植物地黄的新鲜或干燥块根。秋季采挖，除去芦头、须根及泥沙，鲜用或炮制后用。分为鲜地黄、干地黄和熟地黄。鲜地黄具有清热生津、凉血、止血的功效。干地黄具有清热凉血、养阴生津的功效。熟地黄具有补血滋阴、益精填髓的功效。鲜地黄用于热病伤阴、舌绛烦渴、温毒发斑、吐血、衄血、咽喉肿痛。干地黄用于热入营血、温毒发斑、吐血、衄血、热病伤阴、舌绛烦渴、津伤便秘、咽喉肿痛。熟地黄用于血虚萎黄、心悸怔忡、月经不调、崩漏下血、肝肾阴虚、腰膝酸软、骨蒸潮热、盗汗遗精、内热消渴、眩晕、耳鸣、须发早白。

这首诗通过叙述一个农民采取地黄，向富家换取马料以饱饥肠的情节，深刻地反映了农民在灾荒年头，连牛马食都吃不上的悲惨遭遇，有力地抨击了豪门大户对农民剥削的残酷。

春 风

【唐】白居易

春风先发苑中梅，樱杏桃梨次第开。
荠①花榆荚深村里，亦道春风为我来。

【注 释】

①荠：荠菜。功能主治：和脾、利水、止血、明目。治痢疾、水肿、淋病、乳糜尿、吐血、便血、血崩、月经过多、目赤疼痛。

译 文

春风先吹开了京城花园中的早梅，继而让樱杏桃李也竞相绽放，令人感到生机盎然。

春的来临同样也给乡村送去了欢笑，春风拂过，田野里开放的荠菜花榆荚欢呼雀跃，欣喜地说道："春风为我而来！"

赏析

把村花村树描绘成为有感情的生命，尤其将农村百花火热的迎春之情写得极其真切，创造了一种"神似美"。并通过将荠菜这个可爱的小生灵和梅花、桃花等相提并论，说明了春天是无私的：对花而言，春风过处，不管是园中名卉还是村头野花，都不会错过春风带给自己的花信，而春风也从不厚此薄彼，使它们呈现一派欣然的景象。

咏 菊

【唐】白居易

一夜新霜著瓦轻，芭蕉新折败荷倾。
耐寒唯有东篱菊，金粟①初开晓更清。

【注 释】

①金粟：黄色的花蕊。

译 文

一夜过后，初降的寒霜轻轻地附在瓦上，使得芭蕉折断，荷叶倾倒。耐寒的只有东边篱笆旁的菊花，它花蕊初开，让早晨多了一份清香。

赏析

夜里寒霜袭来，本来就残破的芭蕉和残荷看起来更加不堪。只有篱笆边的菊花，金黄色的花朵在清晨的阳光下看起来更加艳丽。用霜降之时芭蕉的新折和荷叶的残败来反衬东篱菊的清绝耐寒。诗人是借菊花之不畏严寒、傲然于世来自况言志的。

重阳席上赋白菊

【唐】白居易

满园花菊郁金黄①，中有孤丛②色似霜。
还似今朝歌酒席，白头翁③入少年场。

【注　释】

①郁金黄：花名，即金桂，这里形容金黄色的菊花似郁金黄。
②孤丛：孤独的一丛。
③白头翁：诗人自谓。

译　文

满园的菊花好似郁金黄，中间有一丛却雪白似霜。这就像今天的歌舞酒席，老人家进了少年去的地方。

[赏析]

此诗前两句写诗人看到满园金黄的菊花中有一朵雪白的菊花，感到欣喜；后两句把那朵雪白的菊花比作是参加"歌舞席"的老人，和"少年"一起载歌载舞。全诗表达了诗人虽然年老仍有少年的情趣。以花喻人，饶有情趣。

采莲曲

【唐】白居易

菱叶萦波荷飐风①，荷花深处小船通②。
逢郎欲语低头笑，碧玉搔头③落水中。

【注　释】

①萦（yíng）：萦回，旋转，缭绕。飐（zhǎn）：摇曳。
②小船通：两只小船相遇。
③碧玉搔头：即碧玉簪，简称玉搔头。搔头：簪之别名。

译文

　　菱叶随着水波漂荡，荷叶在风中摇曳；荷花深处，采莲的小船轻快穿梭。采莲姑娘碰见自己的心上人，想跟他说话却低头羞涩微笑，哪想头上的玉簪掉落水中。

赏析

　　《采莲曲》，乐府旧题，为《江南弄》七曲之一。内容多描写江南一带水国风光，采莲女子劳动生活情态，以及她们对纯洁爱情的追求等。白居易这首诗写采莲少女的初恋情态，喜悦而娇羞，如纸上有人，呼之欲出。尤其是后两句的细节描写，生动而传神，如一颗灵珠，使整个作品熠熠生辉。

大林寺①桃花

【唐】白居易

人间四月芳菲尽②，山寺桃花始盛开③。
长恨春归无觅处④，不知转入此中来⑤。

【注　释】

①大林寺：在庐山大林峰，相传为晋代僧人昙诜所建，为中国佛教圣地之一。
②人间：指庐山下的平地村落。芳菲：盛开的花，亦可泛指花，花草艳盛的阳春景色。
　尽：指花凋谢了。
③山寺：指大林寺。始：才，刚刚。
④长恨：常常惋惜。春归：春天回去了。觅：寻找。
⑤不知：岂料，想不到。转：反。此中：这深山的寺庙里。

译 文

四月正是平地上百花凋零殆尽的时候，高山古寺中的桃花才刚刚盛放。我常为春光逝去无处寻觅而惋惜，却不知它已经转到这里来。

赏析

桃花可作为中药，味甘、辛，性微温，有活血悦肤、峻下利尿、化瘀止痛等功效。

此诗说初夏四月作者来到大林寺，此时山下芳菲已尽，而不期在山寺中遇上了一片刚刚盛开的桃花。诗中写出了作者触目所见的感受，突出地展示了发现桃花的惊讶与意外的欣喜。全诗把春光描写得生动具体，天真可爱，活灵活现；且立意新颖，构思巧妙，趣味横生，是唐人绝句中一首珍品。

晚桃花

【唐】白居易

一树红桃亚①拂池，竹遮松荫晚开时。
非因斜日无由见②，不是闲人岂得知。
寒地生材遗校易③，贫家养女嫁常迟。
春深④欲落谁怜惜，白侍郎⑤来折一枝。

【注 释】

①亚：通"压"。
②无由见：没有办法看见。
③寒地生材：这里指出身寒门的人才。校：通"较"，比较，较为。
④春深：春意浓郁。
⑤白侍郎：白居易时为刑部侍郎。

译 文

一株盛开的桃树，花枝斜垂在水面上，因为被茂盛的松竹遮蔽，开放得晚一些。若不是倾斜的夕阳透入林中，还没办法发现它，不过也只有我这样喜欢寻幽探胜的闲人，才会过来一探究竟。可惜这棵桃花长得不是地方，就像出生寒门的人才容易被忽视，贫穷人家的女儿总是比常人要迟些才能出嫁。可怜这桃花在这春意正浓的时候，快要凋零了也没有享受到春光和游人的赏识，今天机缘巧合被我发现，就折一枝回去欣赏。

[赏析]

这首诗借景言情，情因景生。正是晚放的"一树红桃"触发了诗人的创作机缘，才使他生发出那么深长的联想与感慨。它不仅描绘了"春深欲落"的"晚开"桃花的冷清与孤寂，而且通过对桃花的怜惜和咏叹，抒发了诗人的珍爱人才之情。

题李次云窗竹

【唐】白居易

不用裁为鸣凤管①，不须截作钓鱼竿。
千花百草凋零后，留向纷纷雪里看。

【注 释】
①凤管：笙箫。

译 文

笔直的竹子，不用把它砍来做声音优美如凤鸣的笛子，也不需要用它来做钓鱼竿，只要看到在那冬日严寒，千花百草均已凋零之后，唯有窗前的竹子，仍然青翠碧绿；在大雪纷飞的时候去看，白茫茫中仅有的绿意，别具一番凌雪傲寒的情调。

[赏析]

　　这是一首借竹言志、别具情韵的咏竹诗。此诗巧用对比，略形显神，托竹寓意，象征显旨。全诗有三个词非常关键，"不用""不须""留向"，前两个词所表达的情感倾向和价值观念与后一个词所表达的形成鲜明的对比，实际上是竹的功利实用的品格与精神品格的对比。

寻隐者不遇①

【唐】贾岛

松下问童子②，言③师采药去。
只在此山中，云深不知处④。

【注 释】

①寻：寻访。隐者：隐士，隐居在山林中的人。古代指不肯做官而隐居在山野之间的人，一般指的是贤士。不遇：没有遇到，没有见到。
②童子：没有成年的人，小孩。在这里是指"隐者"的弟子、学生。
③言：回答，说。
④云深：指山上的云雾。处：行踪，所在。

作者名片

　　贾岛（779—843），字浪（阆）仙，河北道幽州范阳县（今河北涿州）人。早年出家为僧，号无本，自号"碣石山人"。唐代诗人，儒客大家，人称"诗奴"。贾岛一生穷愁，苦吟作诗，其诗多写荒凉枯寂之境，长于五律，重词句锤炼。与孟郊齐名，后人以"郊寒岛瘦"喻其诗之风格。著有《长江集》。

译文

苍松下询问年少的学童，他说他的师父已经去山中采药了。只知道就在这座大山里，可山中云雾缭绕不知道他的行踪。

〔赏析〕

这首诗的成功之处，不仅在于语言简练，单言繁简还不足以说明它的妙处。诗贵善于抒情，这首诗的抒情特色是在平淡中见深沉。一般访友，问知他外出，也就自然扫兴而返了。但这首诗中，一问之后并不罢休，又继之以二问三问，其言甚繁，而其笔则简，以简笔写繁情，益见其情深与情切。而且这三番答问，逐层深入，表达感情有起有伏。"松下问童子"时，心情轻快，满怀希望；"言师采药去"，答非所想，一坠而为失望；"只在此山中"，在失望中又萌生了一线希望；及至最后一答"云深不知处"，就惘然若失，无可奈何了。

诗中隐者采药为生，济世活人，是一个真隐士。所以贾岛对他有高山仰止般的钦慕之情。诗中白云显其高洁，苍松赞其风骨，写景中也含有比兴之义。唯其如此，钦慕而不遇，就更突出其怅惘之情了。

古风·秦王扫六合

【唐】李白

秦王扫六合，虎视何雄哉！

挥剑决浮云，诸侯尽西来。

明断自天启，大略驾群才。

收兵铸①金人，函谷正东开。

铭功会稽②岭，骋望琅琊台。

刑徒七十万，起土骊山隈③。

尚采不死药，茫然使心哀。

连弩射海鱼，长鲸正崔嵬④。

额鼻象五岳，扬波喷云雷。

鬐鬣⑤蔽青天，何由睹蓬莱？

徐市载秦女，楼船几时回？

但见三泉下，金棺葬寒灰。

【注 释】

①铸：把金属熔化后倒在模子里制成器物。
②会稽：中国古代郡名，位于长江下游江南一带。会稽之地旧属百越支下的于越，于公
　元前 222 年设郡（秦朝置）。
③隈：山水等弯曲的地方。
④崔嵬：高大貌。
⑤鬐鬣（qí liè）：鱼脊鳍。

🎋 作者名片

　　李白（701—762），字太白，号青莲居士，又号"谪
仙人"，唐代伟大的浪漫主义诗人，被后人誉为"诗
仙"，与杜甫并称为"李杜"。其人爽朗大方，爱饮酒
作诗，喜交友。李白深受黄老列庄思想影响，有《李太白
集》传世，诗作多是醉时写的，代表作有《望庐山瀑布》
《行路难》《蜀道难》《将进酒》等。

译 文

秦王嬴政以虎视龙卷之威势，扫荡、统一了战乱的中原六国。天子之剑一挥舞，漫天浮云消逝，各国的富贵诸侯尽数迁徙到咸阳。所谓大命天与，宏图大略驾驭群雄。天下兵器铸为十二金人，函谷关的大门向东面大开，国内太平。会稽岭刻石记下丰功伟绩，驰骋琅琊台瞭望大海，何处是仙岛蓬莱？用了七十万刑徒在骊山下修建陵墓，劳民伤财！盼望着神仙赐长生不老之药来，徒然心哀！派大海船入海，用连发的弓箭射杀山一样大的鲸鱼，是为了清除所谓的妖怪。哦，那鲸鱼多么大啊，额头就有山丘大，呼吸时扬起的波浪势如云声如雷。脊鳍一张开，青天看不见，有它们在海里，怎能到蓬莱？徐芾用楼船载三千童男童女去寻仙药，至今没有回来！看看骊山脚下的深土里，金棺盛的只是秦始皇冰冷的骨灰。

〔赏析〕

此诗虽属咏史，但并不仅仅为秦始皇而发。唐玄宗和秦始皇就颇类似：两人都曾励精图治，而后来又变得骄奢无度，最后迷信方士妄求长生。据《资治通鉴》载："（玄宗）尊道教，慕长生，故所在争言符瑞，群臣表贺无虚月。"这种蠢举，结果必然是贻害于国家。可见李白此诗是有感而发的。全诗史实与夸张、想象结合，叙事与议论、抒情结合，欲抑故扬，跌宕生姿，既有批判现实精神又有浪漫奔放激情，是李白《古风》系列中的力作。

留别广陵①诸公

【唐】李白

忆昔作少年，结交赵与燕。

金羁络骏马，锦带横龙泉。

寸心无疑事，所向非徒然。

晚节觉此疏，猎精②草太玄。

空名束壮士，薄俗③弃高贤。

中回圣明顾，挥翰④凌云烟。

骑虎⑤不敢下，攀龙忽堕天⑥。

还家守清真，孤洁励秋蝉。

炼丹费火石，采药穷山川。

卧海不关人，租税辽东田。

乘兴忽复起，棹歌溪中船。

临醉谢葛强，山公欲倒鞭。

狂歌自此别，垂钓沧浪前。

【注 释】

①广陵：今江苏扬州。
②猎精：猎取精华妙义。太玄：扬雄写的一部书名。
③薄俗：轻薄的习俗，坏风气。
④挥翰：犹挥毫。
⑤骑虎：意为骑虎仙游。这里是指居身朝廷。
⑥堕天：此指去朝。

译 文

回忆我青年时代，结识的皆为燕赵之豪杰。身骑饰金骏马，腰佩龙泉宝剑。心中没有疑难事，所向之处绝非徒然而返。到得晚岁觉此粗俗，越发倾心于深奥的玄理。无实之名束缚了壮士，轻薄之世俗委弃了高贤之才。中年时曾深得皇帝的垂顾，挥洒妙笔气凌云烟之上。骑得猛虎不敢贸然而下，意欲攀龙却忽然自天落下。还得家中固守真朴，像秋蝉蜕壳一样励我素洁之志。为炼月砂广费了火石，为采药而走遍了山水。高山云海事未关人，就像管宁那样隐居山首自称而食。乘着逸兴忽然再次起身，在溪水之船上放吟高歌。我像当年山简一样逢酒则饮、醉不知处。狂歌一曲自此与诸公分别，我要前去沧浪而垂钓。

赏析

这首诗篇幅虽短，但含量极大，差不多囊括了诗人一生的主要经历和思想变化，展示了诗人从一个积极的狂人到一个消极的狂人的演变过程。这当然是李白的人生悲剧，但是，"我不弃世人，世人自弃我"，归根到底，诗人的悲剧是社会造成的。

来日大难

【唐】李白

来日一身，携粮负薪。

道长食尽，苦口焦唇。

今日醉饱，乐过千春①。

仙人相存②，诱我远学。

海凌三山③，陆憩五岳。

乘龙天飞，目瞻两角。

授以神药④，金丹满握。

蟪蛄蒙恩，深愧短促。

思填东海，强衔一木。

道重天地，轩师广成⑤。

蝉翼九五⑥，以求长生。

下士⑦大笑，如苍蝇声⑧。

【注　释】

①千春：千年。形容岁月长久。

②相存：相安慰。

③三山：传说海上有蓬莱、方丈、瀛洲三神山。

④神药：一作"仙药"。

⑤轩：轩辕，即古代传说中的黄帝。广成：即广成子，古仙人，传说黄帝曾向他问道。

⑥蝉翼：喻其轻也。九五：九五之尊，谓皇帝之位。此句谓视帝王之尊，有如蝉翼。

⑦下士：指下等人，下愚之人，即小人。

⑧苍蝇声：指高力士辈的谗毁。

译　文

　　人生来世维艰，一身携带着吃的，烧的，忍辱负重。但因道长路远，饮食易尽，常搞得口干唇焦，狼狈不堪。今日若能醉饱，便觉得其乐融融，千春难得。有仙人对我十分关心，劝诱我远游学仙。可凌海飞达三山胜境，可栖身五岳宝地。乘着飞龙凌天而翔，在龙背上眼看着飞龙的两支龙角。并还授我以满把的金丹神药，吃了便可长生久视。人生蒙天地造化之恩，然犹如蟪蛄，生命苦短。虽思欲东填沧海，以效精卫衔木，但又何补益？还是大道重于天地。至如轩辕黄帝，犹师事广成。视九五之尊轻如蝉翼，舍弃天下，以求长生。虽为下愚之士所讪笑，犹视如苍蝇之声，闻而不顾。

[赏析]

　　此诗从字面看，内容和乐府古辞似无大区别，细玩辞意，从"携粮负薪"到求仙访道，直至蔑视小人，都不无诗人傲岸不羁的形象在。海凌陆憩，乘龙握丹，轩师广成，写得旷放飘逸，彪炳陆离，神采飞扬；中间又插入蒙恩深愧，结以下士青蝇，写仙界则始终不离人间，抑郁顿挫，跌宕有势。全诗虽然寄兴深微，辞旨恍惚，但其文理脉络、主旨大略亦不是不可寻绎。

送杨山人归嵩山①

【唐】李白

我有万古宅，嵩阳玉女峰②。

长留一片月，挂在东溪松。

尔去掇仙草，菖蒲花紫茸③。

岁晚或相访，青天骑白龙④。

【注 释】

①杨山人：姓杨的隐士。其生平事迹不详，李白有《驾去温泉后赠杨山人》诗，高适集中也有《送杨山人归嵩阳》诗，这里的杨山人当同为一人。嵩山：五岳之一，位于今河南省登封市西北。

②嵩阳：嵩山之南。玉女峰：嵩山支脉太皇山二十四峰之一，因峰北有石如女，故名。

③菖（chāng）蒲（pú）：多年生水生草本，有香气，根可入药，初夏开黄花，果实红色。相传嵩山石上菖蒲，一寸九节，服了可长生不老。茸：草初生貌。这里形容蒲花。

④骑白龙：飞升成仙之意。此处引用东汉瞿武故事。据《广博物志》载：东汉瞿武七岁便专服黄精紫芝，入峨眉山修道，由天竺真人授以仙诀，乘白龙成仙。

译 文

　　我有万古不坏的仙宅，那就是嵩山之阳的玉女峰。那挂在东溪松间的一片明月，一直留在我的心中。杨先生您又要去那里采集仙草，去攫食紫花的菖蒲保持青春的面容。年底时我将到嵩山之阳拜访您，您可能正在青天上乘着白龙来相迎。

[赏析]

　　此诗为送别友人而作，诗人对杨山人这位志同道合者的离别，抚今忆昔，感慨倍增。全诗紧扣诗题，通过色彩鲜明的画面，把送别之意、惜别之情表达出来，其构思新奇，如镜花水月，亦真亦幻，表现了诗人惊人的创造力。

西岳云台歌送丹丘子①

【唐】李白

西岳峥嵘何壮哉！黄河如丝天际来。

黄河万里触山动，盘涡毂转②秦地雷。

荣光休气③纷五彩，千年一清圣人在④。

巨灵咆哮擘两山，洪波喷箭射东海。

三峰⑤却立如欲摧，翠崖丹谷高掌⑥开。

白帝⑦金精运元气，石作莲花云作台。

云台阁道连窈冥⑧，中有不死丹丘生。

明星玉女备洒扫，麻姑⑨搔背指爪轻。

我皇手把天地户，丹丘谈天与天语。

九重出入生光辉，东来蓬莱复西归。

玉浆倘惠故人饮，骑二茅龙上天飞。

【注　释】

①西岳：即华山。丹丘子：即元丹丘，李白于安陆时所结识的一位道友，于颜阳、嵩山、石门山等处都有别业。李白从游甚久，赠诗亦特多。

②盘涡毂（gǔ）转：车轮的中心处称毂，这里形容水波急流，盘旋如轮转。

③荣光休气：形容河水在阳光下所呈现的光彩，仿佛一片祥瑞的气象。都是歌颂现实。

④千年一清：黄河多挟泥沙，古代以河清为吉祥之事，也以河清称颂清明的治世。圣人：指当时的皇帝唐玄宗。

⑤三峰：指落雁峰、莲花峰、朝阳峰。

⑥高掌：即仙人掌，华山的东峰。

⑦白帝：神话中的五天帝之一，是西方之神。华山是西岳，故属白帝。道家以西方属金，故称白帝为西方之金精。

⑧阁道：即栈道。窈冥：高深不可测之处。

⑨麻姑：神话中的人物，传说为建昌人，东汉桓帝时麻姑应王方平之邀，降于蔡经家，年约十八九岁，能掷米成珠。

译　文

　　华山峥嵘而崔嵬，是何等的壮伟高峻呀！远望，黄河像细丝一样，弯曲迂回地从天边蜿蜒而来。而后，它奔腾万里，汹涌激射，山震谷荡地挺进。飞转的漩涡，犹如滚滚车轮；水声轰响，犹如秦地焦雷。阳光照耀，水雾蒸腾，瑞气祥和，五彩缤纷。你千年一清呀，必有圣人出世。你巨灵一般，咆哮而进，擘山开路，一往而前。巨大的波澜，喷流激射，一路猛进入东海。华山的三座险峰，不得不退而耸立，危险之势，如欲摧折。翠崖壁立，丹谷染赤，犹如河神开山劈路留下的掌迹。白帝的神力造就了华山的奇峰异景。顽石铸就莲花峰，开放于云雾幽渺的云台，通往云台的栈道，一直伸向高深难测的幽冥之处，那里就住着长生不老的丹丘生。明星玉女倾玉液，日日曦微勤洒扫；麻姑仙子手似鸟爪，可给人搔背挠痒。西王母亲手把持着天地的门户，丹丘面对苍天，高声谈论着宇宙桑田。他出入于九重天宇，华山为此增光辉；东到蓬莱求仙药，飘然西归到华山。甘美的玉液琼浆，如果惠予我这样的好友畅饮，我们就可骑着两只茅狗，腾化为龙，飞上华山而成仙。

[赏析]

这是唐代伟大诗人李白写给友人元丹丘的一首歌行诗。这首诗吟诵的是黄河中游峡谷段的壮观景色，貌似游仙诗，实则咏物抒怀。全诗以浪漫的笔法，将奇伟的山水和优美的神话巧妙结合，加以丰富多彩的想象，把华山、黄河描绘得气象万千，雄伟无比，由此抒写大河奔腾之壮丽豪情，高山仰止之真实情感，创造出奇幻飘逸的境界，全篇充盈着浪漫气息。

题雍丘崔明府丹灶

【唐】李白

美人为政本忘机，服药求仙事不违。
叶县已泥丹灶毕①，瀛洲当伴赤松归②。
先师有诀神将助③，大圣无心火自飞。
九转④但能生羽翼，双凫⑤忽去定何依。

【注 释】

①叶县：今河南叶县。丹灶：炼丹用的炉灶。

②瀛洲：海中仙山。赤松：赤松子，传说中的仙人。

③神将助：葛洪《抱朴子》："古之道士合作神药，必入名山，山神必助之为福，药必成。"

④九转：九转丹。道教谓经九次提炼，服之能成仙的丹药。

⑤双凫：此诗中指崔明府。

译 文

有德能者为政本无机心，服药求仙亦并行不悖。叶县的丹灶已经泥好，该在瀛洲与赤松子结伴而归。先师有诀神必将相助，圣人无心任炉火自飞。服下九转丹能生翅成仙，崔明府乘凫忽去将依何地？

〔赏析〕

前两句借服药求仙喻己，实则暗寓有德能的人，做事情不把私立欲望作为向往的目标，就不会违背内心的意志。接而四句，表现出李白喜好求仙访道、炼丹服药，对神仙世界有着极深切的向往。末两句"生羽翼""定何依"刻画出李白超凡脱俗的想象力，也借双凫的典故，暗寓从政与成仙并非不可调和的。此诗"本"字，"不违"字，"已"字，"毕"字，"当"字，"归"字，字字珠玑，语言精练，不拘成格，字里行间，略带不悦之意，隐隐流露出李白壮志未酬、怀才不遇的不甘之情。

送温处士归黄山白鹅峰旧居

【唐】李白

黄山①四千仞，三十二莲峰。

丹崖夹石柱，菡萏金芙蓉。

伊昔升绝顶，下窥天目②松。

仙人炼玉③处，羽化④留余踪。

亦闻温伯雪⑤，独往今相逢。

采秀辞五岳，攀岩历万重。

归休白鹅岭，渴饮丹砂井⑥。

凤吹⑦我时来，云车尔当整。

去去陵阳⑧东，行行芳桂丛。

回溪十六度，碧嶂尽晴空。

他日还相访，乘桥⑨蹑彩虹。

【注　释】

①黄山：古称黟山，唐改黄山。在安徽省南部，跨歙、黔、太平、休宁四县。

②天目：山名，在浙江临安市西北，上有两湖若左右目，故名天目。

③炼玉：指炼仙丹。

④羽化：指成仙而去。黄山有炼丹峰，高八百七十仞，相传浮丘公炼丹于峰顶，经八甲子，丹始成。

⑤温伯雪：名伯，字雪子。李白此处借其名以喻温处士。

⑥丹砂井：黄山东峰下有朱砂汤泉，热可点茗，春时即色微红。

⑦凤吹：用仙人王子乔吹笙作凤鸣事。

⑧陵阳：即陵阳山，在安徽泾县西南。相传为陵阳子明成仙处。

⑨桥：指仙人桥，又名天桥、仙石桥，在炼丹台，为黄山最险之处。两峰绝处，各出峭石，彼此相抵，犹若笋接，接而不合，似续若断，登者莫不叹为奇绝。

译　文

　　黄山高耸四千仞，莲花攒簇三十二峰。丹崖对峙夹石柱，有的像莲花苞，有的像金芙蓉。忆往昔，我曾登临绝顶，放眼远眺天目山上的老松。仙人炼玉的遗迹尚在，羽化升仙处还留有遗踪。我知道今天你要独往黄山，也许可以和温伯雪相逢。为采撷精华辞别五岳，攀岩临穴，经历艰险千万重。归来闲居白鹅岭上，渴了饮丹砂井中水。凤凰叫时我即来，你要准备云霓车驾一起游览天宫。来往陵阳仙山东，行走在芬芳的桂树丛中。回曲溪流十六渡，青山如嶂立晴空。以后我还会时常来访问，乘着弓桥步入彩虹中。

〔赏析〕

　　天宝年间，李白在宣城一带游历，遇温处士，此诗《送温处士归黄山白鹅峰旧居》为送他归黄山旧居而作。温处士为李白之友，曾居白鹅峰。诗人以丰富的想象、生动的笔触描绘出黄山壮丽多姿的景象；点出炼玉处、丹砂井，使人获得非常亲切的美感，表达了诗人对温处士的离别之情。诗中表现出一种飘然欲仙的浪漫主义色彩。

慈姥竹①

【唐】李白

野竹攒②石生，含烟映江岛。

翠色落波深，虚声③带寒早。

龙吟④曾未听，凤曲⑤吹应好。

不学蒲柳凋⑥，贞心尝自保。

【注 释】

①慈姥（mǔ）竹：又称"子母竹"。做箫笛较好的竹种。因产于安徽当涂县慈姥山而得名。常用以比喻母亲的抚爱。

②攒：通"钻"。

③虚声：空谷间的回声。意为秋风吹翠竹，令人过早地感到了秋天的寒意。

④龙吟：竹制笛吹出的声音，指笛声，似龙鸣之声。

⑤凤曲：指笙箫等细乐，美妙动听的乐曲。

⑥蒲（pú）柳：植物名，又名水杨。秋至而落叶。后用于比喻体弱或低贱。凋：萎谢。言蒲柳质弱，不胜秋风而早凋。

译 文

满山的竹枝在石缝中顽强生长，把整个江岛辉映得郁郁葱葱。翠绿的竹叶把自己的身影重重叠叠在碧绿的江水上，秋风吹来，寒意在竹枝的吟唱中缭绕。我没有听过龙吟的声音，但是此竹箫发出的声音比笙箫奏出的乐音会更美妙。做人啊，别像蒲草弱柳，一遇秋风就枯凋，要像这慈姥竹，迎风挺立，虚心贞洁，自强自尊。

【赏析】

前两句运用铺叙手法，描绘出一幅慈姥竹从石缝中钻出、茂盛竹枝叶缭绕轻烟辉映江岛的景致。三、四句描绘出一幅青翠的竹色倒映在碧波之中水更绿、风吹竹声带来一片早春寒意的景致。继而五、六句写慈姥竹制笛吹出的声音，似龙鸣之声，比笙箫奏出的"凤曲"更好。末两句借蒲柳与慈姥竹对比手法，描绘出一幅蒲柳易凋谢、慈姥竹坚贞高洁的景致。此诗语言简易明快，却又执着有力，侧面烘托出慈姥竹高风亮节的品格，在生动描写竹之美的基础上，结句又通过对比手法，表面写竹，其实是写人，明写赞颂了竹永葆本色的精神，实则写象征了诗人面对种种艰难困苦，宁折不弯，决不向任何黑暗势力屈服的品格和不肯与黑暗社会同流合污的铮铮傲骨，抒发了诗人自身向往高尚人格的感情。

代秋情

【唐】李白

几日相别离，门前生穞葵①。
寒蝉聒梧桐②，日夕长鸣悲。
白露湿萤火，清霜凌兔丝③。
空掩紫罗袂④，长啼无尽时。

【注 释】

①穞（lǚ）：野生的稻谷。葵：冬苋菜，《广雅》：葵，菜也，尝倾叶向日，不令
照其根。
②寒蝉：蔡邕《月令章句》：寒蝉应阴而鸣，鸣则天凉，故谓之寒蝉也。聒：聒噪、
吵闹。
③兔丝：即"菟丝子"。蔓草也，多生荒野古道中，蔓延草木之上，有茎而无叶，细者如
线，粗者如绳，黄色，子入地而生。初生有根，及缠物而上。其根自断，盖假气而生，
亦一异也。
④罗袂：丝罗的衣袖。亦指华丽的衣着。

译 文

分别才几天，门前就长满了野稻与冬苋菜。秋蝉在梧桐树上不停聒
噪，从日出叫到日落，声音凄凉。秋天的露水把萤火虫打湿，严霜将菟
丝草枯萎。反正也没人看，不妨把紫色绣裳掩严实了，想你就哭，和着
蝉声，从早哭到晚。

赏析

菟丝子具有补益肝肾、固精缩尿、安胎、明目、止泻之
功效，外用具有消风祛斑之功效。常用于肝肾不足，腰膝酸

软，阳痿遗精，遗尿尿频，肾虚胎漏，胎动不安，目昏耳鸣，脾肾虚泻；外治白癜风。

此诗以拟代独处之思妇口吻写秋日思情，诗中描画秋日萧瑟景物以衬托伤感气氛，以景寓情，相思之深见于言外。另外此诗用自然景象极写别后的凄凉、寂寞与悲哀的心情。情景交融，十分完美。

首句写离别时间短暂只有几日，而主人公感觉十分漫长，认为门前已长野草，道出主人公度日如年的殷切思念之情。

第二、三句通过写寒蝉、白露、清霜等描画出秋天的萧瑟、肃杀、凄冷，从而写出主人公的凄苦心情。白露、清霜一句对仗工整、描写细腻如画，想来主人公生活在离别的痛苦中，耳中所闻、眼中所见皆勾起自己的思念忧伤。

末句写主人公独守空房、长啼无尽。"空掩紫罗袂"叙述主人公身穿华丽服饰其雍容华丽却无人欣赏，只能遮掩严实自己的服饰。"长啼无尽时"刚好与次句的"日夕长鸣悲"相呼应，且在啼哭时间上要更久长一些，把离别后的悲伤写得淋漓尽致、动人心弦、催人泪下。

送内寻庐山女道士李腾空二首①

【唐】李白

君寻腾空子，应到碧山家。
水春云母碓，风扫石楠花②。
若爱幽居好，相邀弄紫霞。

多君相门女③，学道爱神仙。
素手掬青蔼，罗衣曳紫烟。
一往屏风叠④，乘鸾着玉鞭⑤。

【注 释】

①内：指妻子。庐山：又名匡山、匡庐山、南障山，在今江西九江市南。李腾空：唐宰相李林甫之女，幼超异，生富贵而不染，入庐山，居屏风受之北，居处为昭德观。
②石楠花：叶似枇杷且小，叶背无毛，正二月间开花。
③多：推重，赞美。相门女：李白妻子宗氏系宗楚客之女，宗楚客在武则天及唐中宗时曾三次拜相。一说指李腾空。
④屏风叠：在庐山五老峰下，九座山峰重叠，状如屏风，故名。
⑤着玉鞭：一作"不着鞭"。

译 文

妻子去寻李林甫的女儿——道士李腾空，应该去她在庐山上的茅庐。她正在用水舂提炼云母以炼丹药，茅庐旁边一定还种有石楠花。你如果喜爱她的幽静居处，就不妨住下，与她一道修炼。

贤妻是宰相的后代，也喜欢学道修炼神仙术。洁白的纤手掬弄青霭，绣花的衣裳飘曳曳紫烟。你一到庐山屏风叠，就可以手摇白玉鞭和腾空道长一起乘鹤飞天了。

赏析

《送内寻庐山女道士李腾空二首》是李白的晚年作品，是李白留传下来的最后两首赠内诗。他曾陪同妻内，为寻找庐山女道士李腾空翻重山，越峻岭，一路上远迩幽寂，兴之所至，随感而发，写下了这组诗。

这两首诗写作者送妻子上庐山访道的情景，诗中描绘了女道士清幽的居住环境和闲适的修道生活，表达了经历风雨沧桑后李白夫妇二人坚贞美好的感情，表现了作者因社会理想不能实现而产生的向往出世的思想。组诗语言简洁细腻，风格含蓄柔婉，在李白诗中别具一格。

折荷有赠

【唐】李白

涉^①江玩秋水，爱此红蕖^②鲜。

攀荷弄其珠，荡漾不成圆。

佳人彩云里，欲赠隔远天^③。

相思无因见，怅望凉风^④前。

【注 释】

①涉：本义是步行渡水，这里有泛舟游历之意。

②红蕖（qú）：荷花盛开的样子。蕖：芙蕖，荷花的别名。荷叶主要有清热解暑，升发清阳，散瘀止血的功效。

③远天：遥远的天宇，说明空间距离之远。

④凉风：秋风。

【译 文】

划船到江中去荡漾秋天的江水，更喜爱这荷花的鲜艳。拨弄那荷叶上的水珠，滚动着却总不成圆。美好的佳人藏在彩云里，要想赠给她鲜花，又远在天际。苦苦相思而相见无期，惆怅遥望在凄凉的秋风里。

【赏析】

这是一首富于浓厚民歌韵味的拟古诗，诗中以女子的口吻，表现了对远方情人的深深思念之情，隐隐地表达了诗人理想不能实现的惆怅之情。全诗运用委婉含蓄的艺术手法，淋漓尽致地表现出人物的内心情感，意脉流畅，关合巧妙，充分显示了李白诗歌自然飘逸的独特风格。

月夜江行寄崔员外宗之①

【唐】李白

飘飘②江风起，萧飒海树秋。

登舻美清夜，挂席③移轻舟。

月随碧山转，水合青天流。

杳如星河上，但觉云林幽。

归路方浩浩，徂川去悠悠。

徒悲蕙草歇，复听菱歌④愁。

岸曲迷后浦，沙明瞰前洲。

怀君不可见，望远增离忧。

【注 释】

①崔宗之：杜甫所咏"饮中八仙"之一，是李白好友，开元二十七年（739）左右任礼
部员外郎。
②飘飘：一作"飘摇"。
③挂席：扬帆。
④菱歌：采菱之歌。

译 文

凛冽的江风飘摇而起，吹得江边高树秋声萧瑟。登上船头只觉清
夜景色佳美，扬帆起航驾着小舟前进。舟上只见月儿随着碧山回转，
水与青天相合而流。晃晃悠悠仿佛行往遥远的星河，只觉得云压树林
幽暗一片。眺望归路水流浩荡，眺望前程逝水滔滔。徒然悲伤蕙草衰
歇，又听那采菱之歌满含哀怨。曲折的江岸掩迷了后边的渡口，明亮
的沙滩看见前边的小洲。思念您啊又不可相见，眺望远方徒然增加离
别的情怀。

赏析

此诗写月夜出行景色，诗人怀念远方的亲人朋友。开头部分写景，景色清雅，优美如画；接着触景生情，愈写愈悲；结尾二句直吐对友人的一片深情。全诗用笔有如行云流水，神奇而富有情趣。

古风·其二十六

【唐】李白

碧荷生幽泉，朝日①艳且鲜。

秋花冒绿水，密叶罗青烟。

秀色空绝世，馨香为谁传。

坐看飞霜满，凋此红芳②年。

结根未得所，愿托华池边。

【注释】

①朝日：早晨的太阳。

②红芳：指红花。

译文

碧绿的荷花生长在幽静的泉水边，朝阳把它们映照得鲜艳无比。秋季朵朵芙蓉从绿水中袅袅举起，茂密的圆叶笼罩着缕缕云烟。秀丽的花容，清香的气息，绝世空前，可是谁来举荐它们呢？眼看着秋霜渐浓，秋风劲起难免红颜凋谢。但愿能在王母的瑶池里生长，时时鲜艳，永不褪色。

[赏析]

　　此诗节奏轻快，一气呵成。全诗以荷为喻，属咏物诗。写荷之美，综以"艳""鲜"；分以"花""叶""色""香"；陪以"朝日""绿水""青烟"。写荷之不遇，曰"空"曰"凋"。"秋花冒绿水，密叶罗青烟"中"冒"与"罗"用字极其到位，冒尖而踊跃，收罗而无遗。"结根未得所，愿托华池边"，末二句表达了积极用世的意愿。此诗借碧池芙蓉暗示自己的才高道洁，并希望被举荐给皇上。

辛夷坞①

【唐】王维

木末芙蓉花②，山中发红萼③。
涧户④寂无人，纷纷开且⑤落。

【注　释】

①辛夷坞（wù）：辋川地名，因盛产辛夷花而得名，今陕西省蓝田县内。坞：周围高而中央低的谷地。
②木末芙蓉花：即指辛夷。辛夷为常用中药，以干燥的花蕾供药用，具有温肺通窍、祛风散寒等功效。主治风寒感冒、鼻窦炎、牙痛、头痛等症。
③萼（è）：花萼，花的组成部分之一，由若干片状物组成，包在花瓣外面，花开时托着花瓣。
④涧（jiàn）户：一说指涧边人家；一说山涧两崖相向，状如门户。
⑤且：又。

王维（701—761，一说699—761），字摩诘，号摩诘居士，河东蒲州（今山西运城）人，祖籍山西祁县，唐朝诗人。唐肃宗乾元年间任尚书右丞，故世称"王右丞"。王维参禅悟理，学庄信道，精通诗、书、画、音乐等，以诗名盛于开元、天宝间，尤长五言，多咏山水田园，与孟浩然合称"王孟"，有"诗佛"之称。书画特臻其妙，后人推其为南宗山水画之祖。著有《王右丞集》《画学秘诀》，存诗约400首。

〔译　文〕

枝条最顶端的辛夷花，在山中绽放着鲜红的花萼，红白相间，十分绚丽。涧口一片寂静杳无人迹，随着时间的推移，纷纷怒放，瓣瓣飘落。

〔赏析〕

该诗是唐代诗人王维《辋川集》诗二十首之第十八首。全诗短短四句，在描绘了辛夷花的美好形象的同时，又写出了一种落寞的景况和环境。此诗由花开写到花落，而以一句环境描写插入其中，一前后境况迥异，由秀发转为零落。尽管画面上似乎不着痕迹，却能让人体会到一种对时代环境的寂寞感。

渭川田家①

【唐】王维

斜光照墟落，穷巷牛羊归。

野老念牧童②，倚杖候荆扉③。

雉雊④麦苗秀，蚕眠⑤桑叶稀。

田夫荷锄立，相见语依依。

即此羡闲逸，怅然吟式微⑥。

【注　释】

①渭川：一作"渭水"。渭水源于甘肃鸟鼠山，经陕西，流入黄河。田家：农家。
②野老：村野老人。牧童：一作"童仆"。
③倚杖：靠着拐杖。荆扉：柴门。
④雉雊（zhì gòu）：野鸡鸣叫。
⑤蚕眠：蚕蜕皮时，不食不动，像睡眠一样。
⑥式微：《诗经》篇名，其中有"式微，式微，胡不归"之句，表归隐之意。

译文

夕阳的余晖洒向村庄，牛羊沿着深巷纷纷回归。村中老人惦念着放牧的孙儿，倚着拐杖在柴门边等候。麦田里的野鸡鸣叫个不停，蚕儿开始吐丝作茧，桑林里的桑叶已所剩无几。农夫们三三两两扛着锄头归来，在田间小道上偶然相遇，亲切絮语，乐而忘归。在这种时刻如此闲情逸致怎不叫我羡慕？我不禁怅然地吟起《式微》。

赏析

　　此诗描写的是初夏傍晚农村夕阳西下、牛羊回归、老人倚杖、麦苗吐秀、桑叶稀疏、田夫荷锄一系列宁静和谐的景色，表现了农村平静闲适、悠闲可爱的生活，流露出诗人在官场孤苦郁闷的情绪。开头四句，写田家日暮时一种闲逸景象；五、六两句，写农事；七、八两句，写农夫闲眼；最后两句，写因闲逸而生美情。全诗不事雕绘，纯用白描，自然清新，诗意盎然。

寒食城东即事

【唐】 王维

清溪一道穿桃李①，演漾绿蒲涵白芷②。

溪上人家凡③几家，落花半落东流水。

蹴鞠屡过飞鸟上，秋千④竞出垂杨里。

少年分日⑤作遨游，不用清明兼上巳。

【注 释】

①一道：一条。穿：穿过。

②演漾：荡漾。涵：沉浸。

③凡：总共，一共。

④秋千：意即揪着皮绳而迁移，为古代游戏用具，相传是春秋齐桓公时期从北方山戎传入。

⑤分日：安排好日期，计划好如何玩。一说犹逐日，意为一天天、每天。又说指春分之日。

译文

一条清澈溪流穿过桃李花林，水波荡漾着绿蒲滋润着白芷。溪流旁边总共只有几户人家，落花多半都漂流在东流水里。踢出的皮球屡屡高出飞鸟上，荡起的秋千争相飞出绿杨林。年轻人分开日子每天来游玩，全不需要等候到清明和上巳。

赏析

白芷是伞形科草本植物，高四尺余，夏日开小白花。以根入药，有祛病除湿、排脓生肌、活血止痛等功能。主治风寒感冒、头痛、鼻炎、牙痛、赤白带下、痈疖肿毒等症，亦可作香料。

此诗描写唐代繁荣时期青少年男女游春的习俗盛况，交错着青春朝气的蓬勃力量和家常安宁的闲适气息，同时流露出作者"及时行乐"的思想。全诗描绘了早春的美丽景象，画面清新灵动，气氛热烈，充分体现了王维作品"诗中有画"的特色。

赠李白·其二

【唐】杜甫

秋来相顾尚飘蓬①，未就②丹砂③愧葛洪。

痛饮狂歌空度日，飞扬跋扈④为谁雄。

【注 释】

①飘蓬：常用来比喻人的行踪飘忽不定。
②未就：没有成功。
③丹砂：即朱砂。道教认为炼砂成药，服之可以延年益寿。
④飞扬跋扈：不守常规，狂放不羁。此处作褒义词用。

作者名片

杜甫（712—770），字子美，尝自称少陵野老。举进士不第，曾任检校工部员外郎，故世称杜工部。是唐代最伟大的现实主义诗人，宋以后被尊为"诗圣"，与李白并称"李杜"。其诗大胆揭露当时社会矛盾，对穷苦人民寄予深切同情，内容深刻。许多优秀作品，显示了唐代由盛转衰的历史过程，因被称为"诗史"。在艺术上，善于运用各种诗歌形式，尤长于律诗；风格多样，而以沉郁为主；语言精练，具有高度的表达能力。存诗1400多首，有《杜工部集》。

译　文

秋天离别时两相顾盼，像飞蓬一样到处飘荡。丹砂没有炼成仙药，不禁感到愧对葛洪。痛快地饮酒狂放的歌唱，白白地虚度时光，像您这样意气豪迈的人，到底是为谁这般逞强？

［赏析］

此诗言简意赅，韵味无穷。为了强化全诗流转的节奏、气势，则以"痛饮"对"狂歌"，"飞扬"对"跋扈"；且"痛饮狂歌"与"飞扬跋扈"，"空度日"与"为谁雄"又两两相对。这就形成了一个飞动的氛围，进一步突现了李白的傲岸与狂放。

"葛洪"是东晋道士，自号抱朴子，入罗浮山炼丹。李白好神仙，曾炼丹药。

赠李白·其一

【唐】杜甫

二年客东都，所历厌机巧。①
野人对膻腥②，蔬食常不饱。
岂无青精饭，使我颜色好。
苦乏大药资③，山林迹如扫。
李侯金闺彦④，脱身事幽讨。
亦有梁宋游，方期拾瑶草⑤。

【注 释】

①历：经过。厌：厌恶。机巧：机智灵巧。
②对：对头，敌手。膻腥：草食曰膻，牛羊之属。水族曰腥，鱼鳖之属。
③苦：因某种情况而感到困难。大药：道家的金丹。
④金闺：金马门的别称，亦指封建朝廷。彦：旧时士的美称。
⑤瑶草：仙草，也泛指珍异之草。

译 文

旅居东都的两年中，我所经历的那些机智灵巧的事情，最使人讨厌。我是个居住在郊野民间的人，但对于发了臭的牛羊肉，也是不吃的，即使常常连粗食都吃不饱。难道我就不能吃青粳饭，使脸色长得好一些吗？我感到最困难的是缺乏炼金丹的药物（原材料），在这深山老林之中，好像用扫帚扫过了一样，连药物的痕迹都没有了。您这个朝廷里才德杰出的人，脱身金马门，独去寻讨幽隐。我也要离开东都，到梁宋去游览，到时我一定去访问您。

〔赏析〕

　　《赠李白》是唐代诗人杜甫创作的一首赠别诗，是杜甫所作两首《赠李白》的第一首，为五言古诗。该诗热情讴歌了李白的高洁志向，表达了对污浊尘世的愤恨之情，字里行间充盈着诗人超凡脱俗的高尚情操。诗的前八句为自叙境况，后四句是对李白的诉说。虽是赠李白的诗，反倒用了三分之二的篇幅说自己，最后四句才是对李白说的。其实前八句表面是在说自身境况，但其实是在为后四句做铺垫。

绝句四首·其四

【唐】杜甫

药条药甲①润青青，色过棕亭入草亭②。
苗满空山惭取誉，根居隙地怯成形③。

【注　释】

①药条药甲：指种植的药材。
②"色过"句：言药圃之大。杜甫患多种疾病，故所到之处需种药以疗疾。
③隙地：干裂的土地。成形：指药材之根所成的形状，如人参成人形，茯苓成禽兽形等。

【译　文】

　　药草的枝叶长得郁郁青青，青青的颜色越过棕亭漫入草亭。"苗满空山"的美誉我愧不敢当，只怕它们的根在干裂的土中成不了形。

赏析

　　这首诗赋药圃。前两句写药圃景色，种药在两亭之间，青色叠映，临窗望去，油然而喜。后两句虽也是写药物的生长情状，与前两句写药物出土、发苗及枝柯的生长过程相连，对一药物生长于隙地的根部的形状做了描绘。这足见诗人对药用植物形态学的认识。

宾　至

【唐】杜甫

幽栖地僻经过少①，老病人扶再拜难②。
岂有文章③惊海内？漫劳车马驻江干④。
竟日淹留佳客坐⑤，百年粗粝腐儒餐⑥。
不嫌野外无供给⑦，乘兴还来看药栏⑧。

【注释】

①幽栖：独居。经过：这里指来访的人。
②人扶：由人搀扶。再：二次。此句表客气尊重。
③文章：这里指诗歌，杜诗中习用。
④漫劳：劳驾您。江干：江边，杜甫住处。
⑤竟日：全天。淹留：停留。佳客：尊贵的客人。
⑥百年：犹言终身，一生。粗粝：即糙米，这里是形容茶饭的粗劣。腐儒：迂腐寒酸的儒生，作者常用自指。
⑦野外：郊外，指自己住处。供给：茶点酒菜。乘兴：有兴致。
⑧药栏：药圃栏杆。这里借指药圃中的花药。

译 文

我栖身的这地方过于偏僻，很少有人来，我年老多病，需要搀扶难以多拜，请您担待。我老朽之人哪有名动天下的文章，你远来看我，车马停在江边，让我感谢又感慨。尊贵的你屈尊停留这破草房整日，让我很不自在，只能用粗茶淡饭招待你，我这腐儒没钱没能耐。你要是真的不嫌这野外没有好酒好菜，以后高兴时还可以来看看我的小园里芍药花开。

[赏析]

此诗诗题虽突出"宾"字，但在写法上，却处处以宾主对举，实际上突出的是诗人自己。从强调"幽栖"少客，迎"宾"为"难"到表明"岂有"文名，漫劳垂访，到如果不嫌简慢，还望重来看花，虽始终以宾主对言，却随处传达出主人公的简傲自负神态。"岂有文章惊海内""百年粗粝腐儒餐"，在杜甫笔下，一为自谦之词，一为自伤之语，也是诗人自慨平生的深刻写照。

为 农

【唐】杜甫

锦里烟尘①外，江村八九家。

圆荷浮小叶，细麦落轻花。

卜宅从兹②老，为农去国赊③。

远惭勾漏令④，不得问丹砂。

【注　释】

①锦里：即指成都。成都号称"锦官城"，故曰锦里。烟尘：古人多用作战火的代名词。

②从兹：指从此，从现在。

③国：指长安。赊：远也。

④勾漏令：指晋葛洪。洪年老欲炼丹以求长寿，闻交趾出丹砂，因求为勾漏令，帝以洪资高，不许。洪曰：非欲为荣，以有丹耳。帝从之（见《晋书·葛洪传》）。杜甫自言不能如葛洪一样弃世求仙，所以说懒。其实是一种姑妄言之的戏词。

译　文

锦官城置身于战乱之外，江村里有八九家人家。圆圆的新荷小叶静静地浮在水面上，嫩绿的小麦已在轻轻地扬花。真想寻一住宅从此终老，耕田劳作远离长安。很惭愧不能像葛洪那般，抛弃一切世俗求仙问药。

赏析

这是杜甫开始卜居成都草堂时所作。当时，天下大乱，而"锦里"（即锦官城成都）不在乱中，故说"烟尘外"。"江村八九家"，是作者身之所在，是个寥落的江村。颔联"圆荷浮小叶，细麦落轻花"写景，眼前的圆荷小叶、细麦轻花是在居处周围所见，为下文做铺垫。后面四句，表现为国设想渐远渐荒唐，也渐使人明白：那不过是一种极其无奈的自嘲。杜甫不会真下决心"为农"而"从兹老"，更不会下决心追随葛洪故事去学炼丹砂。这是愤世之言，不可坐实。从"去国赊"可见杜甫始终不能忘怀国事。

严郑公宅①同咏竹

【唐】杜甫

绿竹半含箨②，新梢才出墙。
色侵书帙③晚，阴过酒樽凉。
雨洗娟娟净，风吹细细香。
但令无剪伐，会见拂云长。

【注 释】

①严郑公：即严武，受封郑国公。
②含箨（tuò）：包有笋壳。箨：笋壳。
③书帙（zhì）：书套。帙，包书的布套。

【译 文】

　　嫩绿的竹子有一半还包着笋壳，新长的枝梢刚伸出墙外。翠竹的影子投映在书上，使人感到光线暗下来。竹影移过酒樽也觉得清凉。竹经雨洗显得秀丽而洁净，微风吹来，可以闻到淡淡的清香。只要不被摧残，一定可以看到它长到拂云之高。

〖赏 析〗

　　此诗以"竹"为吟咏对象，托物言志，耐人寻味。诗的首两句说明诗人赞咏的是"半含箨""才出墙"的新竹；中间四句，着重写了新竹的色和香；诗的末两句从新竹可以长达云霄的角度，希望对新竹加以保护，做到"勿剪勿伐"。全诗以动驭静，结合作者生活，用发展变化的眼光写竹，选择了不同生长期的特征，显现出不同环境中竹的风韵。

将赴成都草堂途中有作先寄严郑公五首·其四

【唐】杜甫

常苦沙崩损药栏①，也从江槛②落风湍。

新松恨不高千尺，恶竹③应须斩万竿。

生理只凭黄阁老④，衰颜欲付紫金丹⑤。

三年奔走空皮骨⑥，信有人间行路难。

【注 释】

①苦：忧虑。沙崩：泥沙崩塌。损：损坏。药栏：种药地边的栏杆。
②江槛：江边防水的栏杆。
③恶竹：指妨碍松树生长的杂竹。
④生理：生计。凭：依靠。黄阁老：即严武。唐时中书省和门下省的官员以阁老相称，
　严武以黄门侍郎（属门下省）为成都尹，所以杜甫称他为黄阁老。
⑤付：托。紫金丹：道家服用的一种丹药，传说人服用后可以益寿延年。
⑥空皮骨：只剩下皮包骨头，形容身体极为瘦弱。

译 文

　　离开草堂后就常常担心沙岸崩塌，损坏药栏，现在恐怕连同江槛一起落到湍急的水流中去了。新栽的松树恨不能快速地长成千尺高树，到处乱生侵蔓的恶竹应该斩掉它一万竿。自己的生活全靠严武照顾，衰老的身体也可托付给益寿延年的丹药了。这三年漂泊不定，人瘦得只剩皮包骨头了；亲身经历才知世路艰辛，人生路难行啊！

〔赏析〕

　　首四句是诗人设想回成都后整理草堂之事，但却给人以启迪世事的联想："常苦沙崩损药栏，也从江槛落风湍。"这虽

是诗人遥想离开成都之后，草堂环境的自然遭遇，但这也体现了诗人对风风雨雨的社会现状的焦虑。"新松恨不高千尺，恶竹应须斩万竿。" 诗人喜爱新松是因它俊秀挺拔，不随时态而变，诗人痛恨恶竹，是因恶竹随乱而生。这两句，其句外意全在"恨不""应须"四字上。

诗的后四句落到"赠严郑公"的题意上。"生理只凭黄阁老，衰颜欲付紫金丹。" 这里意在强调生活有了依靠，疗养有了条件，显示了诗人对朋友的真诚信赖和欢乐之情。最后两句，诗人忽又从瞻望未来转到回顾过去，有痛定思痛的含义："三年奔走空皮骨，信有人间行路难。" 诗人自宝应元年（762）七月与严武分别，至广德二年（764）返草堂，前后三年。这三年，兵祸不断，避乱他乡，漂泊不定，人瘦得只剩皮包骨头了。诗人过去常读古乐府诗《行路难》，等到身经其事，才知世事艰辛，人生坎坷。

全诗描写了诗人重返草堂的欢乐和对美好生活的憧憬。情真意切，韵味圆满，辞采稳重匀称，诗句兴寄委婉。诗人将欢欣和感慨融合在一起，将瞻望与回顾一同叙述，更显出了该诗思想情感的深厚。

山 寺①

【唐】杜甫

野寺残僧少，山园细路高。
麝香眠石竹②，鹦鹉啄金桃③。
乱水④通人过，悬崖置屋牢。
上方⑤重阁晚，百里见秋毫⑥。

【注　释】

①山寺：即秦州麦积山瑞应寺。
②麝（shè）香：鹿属。本名麝香鹿，俗名香麝，其腹部阴囊旁有香腺，其分泌物香气极浓，因名香麝。石竹：属石竹科，多年生草本，丛生有节，高一二尺，夏日开花，色有深红、浅红、白色等。
③金桃：即黄桃。
④乱水：山中泉水，纵横乱流，可涉足而过的叫乱水。水，一作"石"。
⑤上方：指僧之方丈，在山顶。
⑥秋毫：鸟兽在秋天新生的细毛，比喻细微之物。秋，一作"纤"。

译　文

荒凉的山寺里和尚很少，蜿蜒的小路愈盘愈高。麝香在石竹丛里安睡，鹦鹉悠闲地啄食金桃。乱流的溪水行人可以踏过，悬崖上建构的屋宇十分牢靠。登上山顶的高阁天色已晚，百里之外还能望见飞鸟的毫毛。

赏析

首联写山下所见山寺，僧人寥寥，山远路高；颔联写山寺禅院景象，石竹丛里麝香安眠，金桃挂枝鹦鹉轻啄；颈联和尾联写登上山寺所见所感：山脚乱水，山上崖龛；重阁晚望，历历在目。这首诗纯用白描手法描写登麦积山所见景色，语言清新自然，毫无雕刻涂饰的痕迹。声律谐美，对仗整齐。山势形状，崖龛构造，花鸟动静，宛然在目。

秋雨叹三首·其一

【唐】杜甫

雨中百草秋烂死^①，阶下决明^②颜色鲜。
著叶满枝翠羽盖，开花无数黄金钱。
凉风萧萧吹汝急，恐汝后时^③难独立。
堂上书生空白头，临风三嗅馨香泣。

阑风长雨^④秋纷纷，四海^⑤八荒同一云。
去马来牛不复辨，浊泾清渭何当分？
禾头^⑥生耳黍穗黑，农夫田妇无消息。
城中斗米换衾裯，相许宁论两相值？

长安布衣谁比数？反锁衡门守环堵^⑦。
老夫不出长蓬蒿，稚子无忧走风雨。
雨声飕飕催早寒，胡雁翅湿高飞难。
秋来未曾见白日，泥污后土^⑧何时干？

【注 释】

①百草烂死：作物植物都烂掉了。
②决明：夏初生苗，七月开黄花。可做药材，功能明目，故叫决明。
③后时：谓日后岁暮天寒。
④阑风长雨：一作"阑风伏雨"，一作"东风细雨"。
⑤四海：作"万里"。
⑥禾头：一作"木头"。
⑦衡门：以横木作门，贫者之居。环堵：指有四堵墙。
⑧后土：大地，一作"厚土"。

译文

由于连绵的秋雨，作物植物都烂掉了，可是房屋台阶下的决明子却生长得很好，颜色鲜艳。满枝的叶子像翠羽伞盖，无数的花朵像黄金钱。可是毕竟是秋天已到，天气渐凉，秋风瑟瑟，纵然决明现在比其他植物长得好，也无法抵挡秋天的寒冷，日后还是会凋零，无法独立。堂上的我徒然满头白发，风前闻着那慢慢变淡的花香，无法控制自己的情绪，落下了泪水。

凉风过后雨又下起，秋风秋雨乱纷纷，四海八荒笼罩着一色的阴云。雨幕茫茫辨不出来牛和去马，浑浊的泾水与清澈的渭水也混淆难分。谷穗生了芽子黍穗霉烂变黑，农民的灾情却传不到朝廷。城中斗米可换得一床被褥，只要双方认可就不计二者价值是否相同。

我这困居长安的书生有谁关心过死活？反锁着柴门孤零地守着四面墙。久雨不能出门，致使院里长满蓬蒿；小儿不知忧愁，在风雨中戏耍奔跑。飕飕的雨声催促寒季早到来，到来的大雁翅膀沾湿难飞高。入秋以来未曾见过出太阳，泥污的大地何时才能干透了。

〔赏析〕

这三首诗形象地描述了唐玄宗天宝十三年（754）的秋天连月雨灾的情景，寓有讽谏之意。第一首假物寓意，叹自己的老大无成；第二首实写久雨，叹人民生活之苦；第三首自伤穷困潦倒，兼叹民困难苏，有"长夜漫漫何时旦"之感。全诗语言委婉，寓意深切，表现出很强的忧患意识，堪称"史诗"。

又呈吴郎①

【唐】杜甫

堂前扑枣任西邻，无食无儿一妇人。
不为困穷宁有此②？只缘恐惧转须亲③。
即防远客虽多事④，便插疏篱却甚⑤真。
已诉征求贫到骨⑥，正思戎马泪盈巾。

【注释】

①呈：呈送，尊敬的说法。这是用诗写的一封信，作者以前已写过一首《简吴郎司法》，这是另外一首，所以说"又呈"。吴郎：系杜甫吴姓亲戚。杜甫将草堂让给他住。这位亲戚住下后，即有筑"篱"护"枣"之举。杜甫为此写诗劝阻。
②宁有此：怎么会这样（做这样的事情）呢？宁：岂，怎么，难道。此：代词，代贫妇人打枣这件事。
③转须亲：反而更应该对她表示亲善。亲：亲善。
④防远客：指贫妇人对新来的主人存有戒心。防：提防，心存戒备。一作"知"。远客：指吴郎。多事：多心，不必要的担心。
⑤插疏篱：是说吴郎修了一些稀疏的篱笆。甚：太。
⑥征求：指赋税征敛。贫到骨：贫穷到骨（一贫如洗）。

【译文】

　　来堂前打枣我从不阻拦，任随西邻，因为她是一个无食无儿的老妇人。若不是由于穷困怎会做这样的事？正因她心存恐惧反更该与她相亲。见你来就防着你虽然是多此一举，但你一来就插上篱笆却甚像是真。她说官府征租逼税已经一贫如洗，想起时局兵荒马乱不禁涕泪满巾。

[赏析]

此诗通过了劝吴郎让寡妇打枣的描述，表现了作者对贫苦百姓的深切同情和关爱。全诗如话家常，语气恳切，朴实动人，诗人用自己的实际行动来启发对方，运用散文中常用的虚字来做转接，在委婉曲折的夹叙夹议中来展现诗人的心理和品质，使作品既有律诗的形式美、音乐美，又有散文的灵活性，抑扬顿挫，耐人寻味，别具一种活泼、疏散之美。

腊 日

【唐】杜甫

腊日常年暖尚遥①，今年腊日冻全消。
侵陵雪色还萱草，漏泄春光有柳条。
纵酒欲谋良夜醉，还家初散紫宸朝②。
口脂面药随恩泽，翠管银罂③下九霄。

【注 释】

①遥：遥远。
②紫宸朝：宣政殿北曰紫宸门，内有紫宸殿，即内衙之正殿。
③翠管：碧玉镂雕的管状盛器。银罂：指银质或银饰的贮器。

译 文

往年的腊日天气还很冷，温暖离人还很遥远。而今年腊日气候温和，冰冻全消。山陵间的雪都已消融露出了嫩绿的萱草，透过烂漫的春光，纤细的柳枝随风起舞。想要在这良宵夜纵酒狂饮，一醉方休，高兴之余准备辞朝还家。皇帝召近臣晚入于内殿，赐食，加口脂腊脂，感念皇帝恩泽，不能随便走开。

[赏析]

萱草是一种多年生宿根草本。以根入药。夏秋采挖，除去残茎、须根，洗净泥土，晒干。功能主治为清热利尿，凉血止血。用于腮腺炎、黄疸、膀胱炎、尿血、小便不利、乳汁缺乏、月经不调、衄血、便血。外用治乳腺炎。

从诗句中可以看出，往年的腊日天气还很冷，温暖离人还很遥远。而当年腊日气候温和，冰冻全消。诗人高兴之余准备辞朝还家，纵酒狂饮欢度良宵，但此时此刻，他又因感念皇帝对他的恩泽，不能随便走开。

送狄宗亨

【唐】王昌龄

秋在水清山暮蝉，洛阳树色鸣皋①烟。
送君归去愁不尽，又惜空度凉风天。

【注释】
①鸣皋：山名。在今河南省嵩县东北。

作者名片

王昌龄（698—757），字少伯，唐朝时期大臣，著名边塞诗人。王昌龄与李白、高适、王维、王之涣、岑参等人交往深厚。其诗以七绝见长，尤以边塞诗最为著名，有"诗家夫子""七绝圣手"之称。著有《王江宁集》六卷。王昌龄存诗181首，体裁以五古、七绝为主，题材则主要为离别、边塞、宫怨。

[译 文]

秋天表现在水清山老和蝉的鸣叫声中，洛阳的枫林如火，鸣皋山上烟云笼罩。送你离开这里我充满了不尽的忧愁，只我一人度过这凉风习习的天气多么令人惋惜。

[赏 析]

此诗前二句铺叙，点明秋景、送处和去处；后二句写别情，友人去后，诗人别愁不断，忽然发觉自己因为相思空过了许多凉秋时光，感到未免可惜。这首小诗虽只有短短二十八个字，却写得情真意切，朴实自然；诗中选词用字通俗晓畅，平平淡淡。

昌谷读书示巴童

【唐】李贺

虫响灯光薄，宵寒药气浓。
君①怜垂翅客②，辛苦尚相从。

【注 释】

①君：指巴童。
②垂翅客：诗人以斗败垂翅而逃的禽鸟自比。

作者名片

李贺（790—816），字长吉。河南府福昌县昌谷乡（今河南宜阳）人，祖籍陇西郡。唐朝中期浪漫主义诗人，与诗仙李白、李商隐称为"唐代三李"，后世称李昌谷。作品慨叹生不逢时、内心苦闷，抒发对理想抱负的追求，反映藩镇割据、宦官专权和社会剥削的历史画面。诗作想象极为丰富，引用神话传说，托古寓今，后人誉为"诗鬼"。李贺是继屈原、李白之后，中国文学史上又一位颇享盛誉的浪漫主义诗人，有"太白仙才，长吉鬼才"之说。

虫噪灯暗，我的家境是那样贫寒；夜寒药浓，我的身体是那样孱弱。茕茕孑立、形影相吊，我是那样孤单；只有你，怜悯我这垂翅败落的苦鸟，不畏艰辛，与我做伴。

[赏析]

虫噪灯暗，夜寒药浓。政治上的失意与贫病交加，令诗人感到茕茕孑立、形影相吊，诗人把他的感激之情奉送给了日夜相随的巴童。不难发现夹杂诗中的，还有诗人横遭委弃的悲情。此诗可与诗人代巴童作答的诗——《巴童答》对读。"巨鼻宜山褐，庞眉入苦吟。非君唱乐府，谁识怨秋深。"诗人百般无奈，又借巴童对答来做自我宽慰。

大堤①曲

【唐】李贺

姜家住横塘，红纱满桂香。

青云教绾头上髻，明月与作耳边珰②。

莲风③起，江畔春；大堤上，留北人④。

郎食鲤鱼尾，妾食猩猩唇⑤。

莫指襄阳道⑥，绿浦⑦归帆少。

今日菖蒲花，明朝枫树老⑧。

【注释】

①大堤：襄阳（今湖北襄樊）府城外的堤塘，东临汉水。
②明月：即"明月之珠"的省称。珰（dāng）：耳饰。穿耳施珠为珰，即今之耳环。
③莲风：此指春风。
④北人：意欲北归之人，指诗中少女的情人。
⑤鲤鱼尾、猩猩唇：皆美味，喻指幸福欢乐的生活。
⑥襄阳道：北归水道必经之路。
⑦浦：水边或河流入海的地区。绿浦，这里指水上。
⑧枫树老：枫树变老，形状丑怪。这里表示年老时期。

译 文

　　我的家住在横塘大堤，红纱衣衫散发桂花香，青云发髻在头上扎起，明月耳饰在两边挂上。莲风轻轻吹来，江畔一派春光。我站在大堤之上，挽留一心北去的情郎。郎君啊，你我同食鲤鱼尾，同食猩猩唇。不要思乡远想襄阳道，江面的归帆很少很少。今日恰似菖蒲开花，明朝枫树易老红颜易凋。

〔赏析〕

　　此诗写大堤女儿深情地告诉情人不要远行，歌颂甜蜜的爱情，形象生动地写出了女主人公的绰约风姿与妩媚情态，并巧妙地将作者自己对青春生活的热爱和对人生的感叹，以少女挽留情人的口吻道出，增强了艺术感染力。全诗情趣浓艳，音调铿锵，形象鲜明，是李贺所写恋情诗的名篇，充分体现了李贺诗的风格。

帝子歌①

【唐】李贺

洞庭②明月一千里，凉风雁啼天在水。
　九节菖蒲石上死，湘神弹琴迎帝子。
　山头老桂吹古香，雌龙怨吟寒水光。
　沙浦走鱼白石郎③，闲取真珠掷龙堂④。

【注 释】

①帝子歌：《楚辞》中有云："帝子降兮北渚。"帝子，尧女娥皇女英也。
②洞庭：在长沙巴陵，方圆五百里。
③白石郎：水神。
④龙堂：河伯之所居。

译 文

　　洞庭湖水映明月，千里波光荡漾，凉风吹，大雁鸣，蓝天倒映碧湖上。山石上生长的九节菖蒲已经枯死，湘中水神弹着琴瑟迎请帝子下降。山头上，老桂树散发着古朴的清香，帝子未来，雌龙怨吟湖水泛寒光。只见水边群鱼随着小水神游荡，漫把珍珠投水中，乞求帝子赐吉祥。

赏析

　　此诗描绘了洞庭湖月明雁啼、水天相映的景象，展示了一个凄美的爱情故事，其中似乎寄托着作者的仕途不遇、人生悲凉之感。全诗以洞庭湖景引入，以帝子传说作结，意境清空幽冷，想象丰富奇特，充分体现了李贺诗歌的浪漫主义特色。

昌谷①北园新笋四首

【唐】李贺

籜落长竿削玉开②，君看母笋是龙材③。
更容一夜抽千尺，别却池园数寸泥。

斫取青光写楚辞，腻香春粉黑离离④。
无情有恨何人见，露压烟啼千万枝。

家泉石眼两三茎，晓看阴根紫脉生⑤。
今年水曲春沙上，笛管新篁拔玉青⑥。

古竹⑦老梢惹碧云，茂陵归卧叹清贫。
风吹千亩迎雨啸，鸟重一枝入酒尊⑧。

【注　释】

①昌谷：李贺家乡福昌县（今河南宜阳）的昌谷，有南北二园。诗人曾有《南园》诗，此写北园新笋，咏物言志。
②籜落：笋壳落掉。长竿：新竹。削玉开：形容新竹像碧玉削成似的。
③母笋：大笋。龙材：比喻不凡之材。
④腻香春粉：言新竹香气浓郁，色泽新鲜。黑离离：黑色的字迹。
⑤阴根：在土中生长蔓延的竹鞭，竹笋即从鞭上生出。脉：一作"陌"。
⑥笛管：指劲直的竹竿。新篁（huáng）：新生之竹，嫩竹，亦指新笋。玉青：形容新竹翠绿如碧玉。
⑦古竹：指老竹，相对新笋言之。
⑧尊：同"樽"。

译 文

笋壳落掉后，新竹就很快地成长，像用刀把碧玉削开；你看那些健壮的大笋都是奇伟非凡之材。它们一夜之间将会猛长一千尺，远离竹园的数寸泥，直插云霄，冲天而立。

刮去竹上的青皮写下我楚辞般的诗句，白粉光洁，香气浓郁，留下一行行黑字迹。新竹无情但却愁恨满怀谁人能够看见？露珠滴落似雾里悲啼压得千枝万枝低。

自家庭院中泉水石缝中长着两三根竹子，早晨在郊野间大路上见到时有竹根露出地面并有不少新笋刚刚露头。今年水湾边春天的沙岸上，新竹会像青玉般地挺拔生长出来。

老竹虽老，仍矫天挺拔，梢可拂云，而我并不太老，却只能像家居茂陵时的司马相如一样，甘守清贫。风吹竹声时，仿佛雨啸；而风和景明时，一小鸟栖息枝头，其景却可映入酒樽之中。

赏析

第一首是借物咏志的诗。这新笋就是诗人李贺。诗人李贺虽然命途多舛，遭遇坎坷，但是他没有泯灭雄心壮志。他第一首是一首借物咏志的诗。这新笋就是诗人李贺。诗人李贺虽然命途多舛，遭遇坎坷，但是他没有泯灭雄心壮志。他总希望实现自己的拔地上青云的志愿，这首咏笋的绝句就正是他这种心情的真实写照。

第二首咏物诗前两句描述自己在竹上题诗的情景，语势流畅而又含蕴深厚。后两句着重表达怨恨的感情。此诗通篇采用"比""兴"手法，移情于物，借物抒情。有实有虚，似实而虚，似虚而实，两者并行错出，无可端倪，给人以玩味不尽之感。

第三首诗写竹的生命力旺盛、一片生机。在这首诗中，作者字斟句酌，用"家""石""阴""紫""春""新"等修饰各种意象组合，纵观全句，几乎无一物无修饰，无一事有闲字。他把相关的意象加以古人不常联用的字联用，加以修饰再组合起来，综合运用了通感、移情的写作手法，由家泉到石眼再到竹茎，仿佛用诗句串联起装扮一番的意象群，不是因感而倾泻，字字都是雕刻而来。此时作者诗中的竹子不再是单纯的清雅之士，而仿佛是穿上了绮丽诡异又有异域风情的楚服的起舞人。同时，把石眼、阴根等不为竹所常用的意象与竹子相连缀，更见作者的匠心独用，研磨之工。

第四首诗以司马相如归卧茂陵自喻，慨叹自己家居昌谷时的清贫生活。诗的开头两句"古竹老梢惹碧云，茂陵归卧叹清贫"，意为老竹虽老，仍矫天挺拔，梢可拂云，而自己年纪并不老，却只能像家居茂陵时的司马相如一样，甘守清贫。"风吹千亩迎雨啸，鸟重一枝入酒尊。"这两句写的是另外两种形态下的竹枝形象。其一是风吹雨啸之中，风吹过后声浪如排山倒海；而风和景明之日，一小鸟栖息枝头，其景却可映入酒樽之中，这又是何等静谧安闲。这情景于竹本身而言，却道出它的一个特点：坚韧，不管怎么弯曲也不易折断。

难忘曲

【唐】李贺

夹道①开洞门，弱柳低画戟②。
帘影竹华③起，箫声吹日色④。
蜂语绕妆镜⑤，拂蛾学春碧⑥。
乱系丁香梢，满栏花向夕⑦。

【注 释】

①夹道：在道路两旁。

②画戟（jǐ）：古兵器名，因有彩饰，故称。旧时常作为仪饰之用。

③竹华：指日光穿射的帘影。华：一作"叶"。

④日色：犹天色。借指时间。

⑤蜂语：谓蜂飞舞时发出的嗡嗡之声。妆镜：化妆用的镜子。

⑥拂：一作"画"。春碧：春日碧绿色的景物，指春山、春水或春草等。这里形容所画的蛾眉犹如春色一样青翠。

⑦向夕：傍晚；薄暮。

译 文

　　壮丽而深邃的宅第大门层层洞开，门前所列的画戟竟高出道旁垂柳许多。薄薄的帘幕在轻轻摇曳着，偶尔掀起低垂的一角；阔大的庭院中回旋着低缓的箫声，送走了流逝的时光。室内一只蜜蜂嗡嗡地围着梳妆镜，把镜中景象当鲜花，原来是一位女子站在梳妆台前，对镜描绘着蛾眉。她手捏着丁香花的枝梢，漫无目的地系着，看着眼前的花儿将要凋谢了。

〔赏析〕

　　李贺的这首《难忘曲》，并不仅仅是为写美人迟暮而写美人迟暮。美人迟暮的题材在传统诗歌中，都是用来表现怀才不遇的主题的。李贺的诗歌总是充满了哀怨凄凉的声音。这首诗中所刻画的被锁在高墙内孤凄的、没有机会为人赏识的美人，实际也寄托了诗人自己受压抑而不能发挥才能的不幸遭遇的愤慨，这也是他为何将此诗名为《难忘曲》的真正原因。

种白蘘荷①

【唐】柳宗元

皿虫化为疠，夷俗多所神。

衔猜每腊②毒，谋富不为仁。

蔬果自远至，杯酒盈肆陈。

言甘中必苦，何用知其真？

华洁事外饰，尤病中州人③。

钱刀恐贾害④，饥至益逡巡。

窜伏常战栗⑤，怀故逾悲辛。

庶氏有嘉草⑥，攻襘⑦事久泯。

炎帝垂灵编⑧，言此殊足珍⑨。

崎岖乃有得，托以全余身。

纷敷碧树阴⑩，晞睒心所亲。

【注 释】

①蘘（ráng）荷：草名，亦称阳藿，覆葅，根可入药，其白色者称白蘘荷，相传可以治蛊毒。蛊毒，一种人工制作的毒药，能致人神志昏迷。

②衔猜：指内心猜测。时柳宗元初到永州，故云。腊（xī）：很，极。

③病：苦，为难。中州：中原地区，中州人，柳宗元自称。

④钱刀：钱币。贾（gǔ）害：犹言致祸。

⑤窜伏：流放偏远的地方。战栗，恐惧发抖。

⑥庶氏：官名。嘉草：蘘荷别名。

⑦攻襘（kuì）：《礼·秋官·庶氏》有云："以攻说之，嘉草攻之。"攻说，祈名，祈其神求去之也。攻，熏。

⑧炎帝：神农氏。灵编，即指《本草》。

⑨殊足珍：言《本草》载蘘荷弥足珍贵。意谓疗效甚奇。

⑩纷敷：茂盛貌。碧树阴，言蘘荷性好阴，在木下生者尤美。

▌作者名片

　　柳宗元（773—819），字子厚，唐代河东（今山西运城）人，杰出诗人、哲学家、儒学家乃至成就卓著的政治家，唐宋八大家之一。著名作品有《永州八记》等600多篇文章，经后人辑为30卷，名为《柳河东集》。因为他是河东人，人称柳河东，又因终于柳州刺史任上，又称柳柳州。柳宗元与韩愈同为中唐古文运动的领导人物，并称"韩柳"。在中国文化史上，其诗、文成就均极为杰出，可谓一时难分轩轾。

▌译　文

　　百虫放在盆中相食强者为蛊，东南少数民族把它看作神灵。想来这下蛊的酒往往非常毒，有人用这方法谋取财物不义不仁。街上的蔬果从远处运来，铺子里杯杯满酒奉劝客人。古人说甜言蜜语常藏祸机，凭什么相信老板的话是真？鲜华光洁往往是事物外表的装饰，怕是特别想要为难我这中州来的人。花钱不说恐怕要招来祸害，越是肚子饿越要处处小心。流放在边远地常常心惊胆战，回想过去的事更加感到悲辛。庶氏留有白蘘荷治蛊一法，祈神解蛊毒的方法早已不闻。神农氏留下《本草》四卷，说庶氏之法值得珍重。几经曲折才得到白蘘荷，依托它来保全自己的性命。浓浓的树荫下白蘘荷长得茂盛，每天都要来看视几回才放心。

▌赏析

　　据《本草纲目》载：蘘荷有赤白二种，"白者入药，赤者堪啖"。主治"中蛊及疟""溪毒，沙虱，蛇毒""诸恶疮"。从诗的字面上看，种白蘘荷是防中蛊的。首四句写蛊毒之毒，人之制蛊是为了谋取不义之财。"谋富不为仁"是诗眼，既是恶人制蛊之由，又是诗人疑惧之本，更是种白蘘荷以防中蛊的直接根源。中间十句叙述诗人的见闻与感受。"蔬果自远至"，往来客商多，有谋取黑钱的机会，因此，有人将"蛊"奉若神灵。看到酒铺老板殷勤劝客，诗人便联想到古训：甜言蜜语里有毒药，光华的外表包藏祸机。自己是中州贬谪来的罪人，更需警觉，因而心怀恐惧，害怕银钱买来灾祸，所以越是饥饿越要小心。最后八句是果，诗人自己殷勤种植白蘘荷是"托以全余身"。全诗平直如话，然而见情见志，而又尖锐地抨击了贪鄙之徒。

曲池荷

【唐】卢照邻

浮香绕曲岸①，圆影覆华池②。
常恐秋风早，飘零③君不知。

【注　释】

①浮香：荷花的香气。曲岸：曲折的堤岸。
②圆影：指圆圆的荷叶。华池：美丽的池子。
③飘零：坠落，飘落。

作者名片

　　卢照邻，字升之，自号幽忧子，幽州范阳（治今河北涿州）人，初唐诗人，其生卒年史无明载。在文学上，他与王勃、杨炯、骆宾王以文辞齐名，世称"王杨卢骆"，号为"初唐四杰"。有7卷本的《卢升之集》、明张燮辑注的《幽忧子集》存世。卢照邻尤工诗歌骈文，以歌行体为佳，不少佳句传颂不绝，如"得成比目何辞死，愿作鸳鸯不羡仙"等，更被后人誉为经典。

译文

　　曲折的堤岸弥漫着荷花清幽的香气，圆圆的荷叶重重叠叠地覆盖在池塘上。常常担心萧瑟的秋风来得太早，让人来不及欣赏荷花就凋落了。

赏析

　　这首诗前两句写的是花好月圆，后两句突然借花之自悼，实写人之自悼。此诗托物言志，情感真切自然。

　　"浮香绕曲岸"，未见其形，先闻其香。曲折的池岸泛着阵阵清香，说明荷花盛开，正值夏季。"圆影覆华池"，写月光笼罩着荷池。月影是圆的，花与影在一起，影影绰绰，不能分解。写荷的诗作不在少数。而这首诗采取侧面写法，以香夺人，不着意描绘其优美的形态和动人的纯洁，却传出了夜荷的神韵。"常恐秋风早，飘零君不知"，是沿用屈原《离骚》中的"惟草木之零落兮，恐美人之迟暮"的句意，但又有所变化，含蓄地抒发了自己怀才不遇、早年零落的感慨。

寄赠薛涛①

【唐】元稹

锦江滑腻蛾眉秀②，幻出文君③与薛涛。
言语巧偷鹦鹉舌④，文章分得凤凰毛⑤。
纷纷辞客多停笔⑥，个个公卿欲梦刀⑦。
别后相思隔烟水，菖蒲花发五云高⑧。

【注 释】

①薛涛：字洪度，中唐时有名的歌伎。
②锦江：在今四川成都市南。滑腻，平滑细腻。峨眉：峨眉山，在今四川峨眉县西南。此均用以泛指蜀地。
③幻出：化出，生出。文君：卓文君，西汉人，美而多才。
④巧偷鹦鹉舌：比喻言辞锋利善辩。鹦鹉在古代被认为是善言之鸟。
⑤凤凰毛：比喻文采斑斓。
⑥纷纷：众多貌。辞客：文人，诗人。停笔：谓文士们多因自感才学不及薛涛而搁笔。
⑦梦刀：梦见刀州，即想到蜀地为官。
⑧菖蒲：草名，有香气，生于水边。五云：祥云，瑞云。旧以为仙子居处。

作者名片

元稹（779—831），字微之，别字威明，唐洛阳人（今河南洛阳）。元稹是新乐府运动的倡导者和中坚力量，与白居易齐名，世称"元白"，诗作号为"元和体"。其诗辞浅意哀，仿佛孤凤悲吟，极为扣人心扉，动人肺腑。元稹的创作，以诗成就最大。其乐府诗创作，多受张籍、王建的影响，而其"新题乐府"则直接缘于李绅。现存诗830余首，收录诗赋、诏册、铭谏、论议等共100卷，有《元氏长庆集》传世。

译 文

　　锦江滑腻峨眉山秀丽，变幻出卓文君和薛涛这样的才女。言语巧妙好像偷得了鹦鹉的舌头，文章华丽好像分得了凤凰的羽毛。擅长文辞的人都纷纷停下了自己的笔，公侯们个个想象王浚梦刀升迁那样离开那里，他们都自愧弗如。分别后远隔烟水无限思念，这思念就像庭院里菖蒲花开得那样盛，像天上祥云那样高。

赏析

　　此诗先说薛涛为山川名秀所生，同时又以卓文君类比；后言其极具文才、诗才，擅长文辞的人都纷纷搁笔，公侯们也都自愧弗如，最后更是寄寓了很深的缅怀之情。此诗就思想性而言，无甚可取。但全篇一气贯下，浑然成章，是才子佳人相赠的得意之笔。

菊　花

【唐】元稹

秋丛①绕舍似陶家②，遍绕③篱边日渐斜④。

不是花中偏爱菊，此花开尽更无花。

【注　释】

①秋丛：指丛丛秋菊。
②陶家：陶渊明的家。
③遍绕：环绕一遍。
④日渐斜：太阳渐渐落山。斜，倾斜。

译　文

　　一丛一丛的秋菊环绕着房屋好似到了陶渊明的家。绕着篱笆观赏菊花，不知不觉太阳已经快落山了。不是因为百花中偏爱菊花，只是因为菊花开过之后再无花可赏。

赏析

菊花可以作为中药，具有散风清热、平肝明目和清热解毒的功效，主治风热感冒、头痛眩晕、目赤肿痛、眼目昏花、疮痛肿毒。

这首诗从咏菊这一平常题材，发掘出不平常的诗意，给人以新的启发，显得新颖自然，不落俗套。在写作上，用语淡雅朴素，饶有趣味。笔法也很巧妙，前两句写赏菊的实景，为渲染爱菊的气氛做铺垫；第三句是过渡，笔锋一转，跌宕有致，最后吟出生花妙句，进一步开拓美的境界，增强了这首小诗的艺术感染力。

秋日题窦员外崇德里新居

【唐】 刘禹锡

长爱街西风景闲，到君居处暂开颜。
清光门外一渠水，秋色墙头数点山。
疏种碧松通月朗，多栽红药待春还。
莫言堆案①无余地，认得诗人在此间。

【注 释】
①堆案：堆积案头，谓文书甚多。

作者名片

刘禹锡（772—842），字梦得，籍贯河南洛阳，生于河南郑州荥阳，自称"家本荥上，籍占洛阳"，又自言系出中山，其先为中山靖王刘胜（一说是匈奴后裔）。唐朝时期大臣、文学家、哲学家，有"诗豪"之称。刘禹锡诗文俱佳，涉猎题材广泛，与柳宗元并称"刘柳"，与韦应物、白居易合称"三杰"，并与白居易合称"刘白"。著有《刘梦得文集》《刘宾客集》。

译　文

　　一直喜爱街西悠闲的风景，来到窦员外新居之处突然喜笑颜开。清光门外溪水环绕，从墙头望远，远处秋山数点，景色优美。几棵松树稀稀疏疏只为朗朗月光能照射进庭院，院子里栽种的许多芍药正等待春天归来。不要说文书太多没有地方堆放，我在此和你相识成为志趣相投的好朋友。

〔赏析〕

　　首联是"长爱街西风景闲，到君居处暂开颜"这一句。诗人谪居多年，心情苦闷，受朋友窦员外邀请，来到他的崇德里新居，看到街西美丽的风景，禁不住喜笑颜开。"开颜"二字奠定了全诗的感情基调。

　　颔联的"清光门外一渠水，秋色墙头数点山"实写院外之景。清光门外，有一溪渠水缭绕着院子，从墙头望出去，可以看到远山的点点秋色。

　　颈联的"疏种碧松通月朗，多栽红药待春还"是写院内之景：院子里种植着几棵松树，晚上可以欣赏明月松间照的美景，院子里还栽种了很多芍药，等到春天就可以欣赏芍药花开满园的美丽景色。前一句是实写，后一句是虚写。

　　尾联的"莫言堆案无余地，认得诗人在此间"，写诗人和窦员外"在此间"相识，成为志趣相投的好朋友，表达了闲适愉悦的心情。整首诗语言清新隽秀，景色秀丽幽静，表现出诗人积极乐观的心态。

　　全诗表达了诗人的赞美恭维之意，美慕向往之情，志趣相同之感。

酬元九侍御赠璧竹鞭长句①

【唐】刘禹锡

碧玉孤根②生在林，美人相赠比双金③。

初开郢客缄封后④，想见巴山冰雪深。

多节本怀端直性，露青犹有岁寒心⑤。

何时策⑥马同归去，关树扶疏⑦敲镫吟。

【注 释】

①酬：酬唱，以诗词相互赠答唱和。元九：即诗人元稹，字微之，行九，是作者好友。侍御：即监察御史，是主管监察的官员，职位不高，权限较广。元稹曾任过此职。长句：指七言诗。璧竹：唐代璧州（今四川通江）所产之竹。

②碧玉孤根：均指竹。

③美人：指贤人。金：古代的货币单位。秦代以一镒为金，汉代以一斤为金。

④郢（yǐng）客：指元稹。这时元稹已被贬为江陵府士曹参军，所以称元稹为郢客。缄（jiān）：捆束箱笼的绳子。

⑤岁寒心：岁寒不凋之志。

⑥策：马鞭。这里用作动词，意即用鞭打马。

⑦关树：关中之树。扶疏：枝叶繁茂。

译 文

绿如碧玉的孤竹生在深林，用它制的璧州鞭名贵万分。贤德之人将竹鞭赠送给我，这份厚礼胜过了万两黄金。我一打开郢客的缄封之后，立刻想到冰冻巴山雪深深。鞭上节，节节怀着端直性，遍体露青犹有岁寒后凋心。我们何时才能策马同归去，在扶疏的关树下敲镫高吟？

〔赏析〕

　　这首诗名为咏鞭，实是咏人。作者运用比兴的手法和丰富的想象，以壁州竹鞭的异常名贵，暗示赠鞭者的品格高尚；以对壁州竹鞭的赞美，寄寓对赠鞭者的赞扬；以制鞭之竹傲寒斗雪的风姿，比喻赠鞭者不畏权宦的可贵精神。这首诗通过咏写竹鞭，称誉对方的品格，也表明自己的节操。作者巧妙地把咏鞭、写人、喻己三者紧密地结合起来，浑然而为一体。全诗感情真挚深沉，启、承、转、合的脉络清晰。

石竹咏

【唐】王绩

姜姜①结绿枝，晔晔②垂朱英。

常恐零露降，不得全其生。

叹息聊自思，此生岂我情。

昔我未生时，谁者令我萌。

弃置勿重陈，委化③何足惊。

【注　释】

①姜姜：草木茂盛的样子。
②晔晔：美丽繁盛的样子。
③委化：自然的变化。

作者名片

　　王绩（约589—644），字无功，号东皋子，绛州龙门县（今山西万荣县通化镇）人，隋朝教育家王通（号文中子）之弟，初唐诗人。性简傲，嗜酒，能饮五斗，自作《五斗先生传》，撰《酒经》《酒谱》，注有"老""庄"。其诗近而不浅，质而不俗，真率疏放，有旷怀高致，直追魏晋高风。律体滥觞于六朝，而成形于隋唐之际，无功实为先声。

译 文

翠绿枝条生长茂盛，垂挂着繁盛美丽的红花。常常担心寒冷的露珠降临，无法保住它那美好的生命。叹息石竹时也思考自身，此生难道是我衷情的吗？在我尚未降临人世的时候，究竟谁是我萌生的呢？抛开这样的事情不再说它了，顺应自然的变化又何必惊恐呢？

赏析

石竹，又叫洛阳花，是一种夏季开花的多年生草本植物。根和全草入药，清热利尿，破血通经，散瘀消肿。

诗歌的前四句正面描写石竹，赞其正当全盛，风姿优美，但又想到霜露的降临，石竹免不了凋零。在一实一虚的对照中，寄寓了深深的忧患感。"叹息"四句由石竹的遭遇联想到人生，对生命、自我、人生进行追索思考，流露出彷徨和苦闷的情绪，不难看出诗人对隋末纷乱的社会现实的不满，诗意又逼近一层。结句却又一转，以随其自然变化作收束，足见诗人的旷怀高致。

宿王昌龄隐居

【唐】常建

清溪深不测①，隐处唯孤云。

松际露微月，清光犹为君。

茅亭宿②花影，药院滋苔纹③。

余亦谢时去④，西山鸾鹤群⑤。

【注 释】

①测：一作"极"。

②宿：比喻夜静花影如眠。

③药院：种芍药的庭院。滋：生长着。

④余：我。谢时：辞去世俗之累。

⑤鸾鹤：古常指仙人的禽鸟。群：与……为伍。

作者名片

常建（708—765），唐代诗人，字号不详，一说是邢台人或说长安（今陕西西安）人，开元十五年与王昌龄同榜进士，长仕宦不得意，来往山水名胜，过着一段长时期的漫游生活。后移家隐居鄂渚。天宝中，曾任盱眙尉。

译文

清溪流向深不可测的石门山谷，隐居的地方只有孤云相伴。松林梢头透出微微月光，这清幽的月光也好像专为您送来的。茅亭夜静花影好像已恬然入梦，种有药草的院子到处都是斑斑苔痕。我也想要像他这般辞去世俗之累，与西山的鸾鹤为群去了。

赏析

这首诗的艺术特点确同《题破山寺后禅院》，"其旨远，其兴僻，佳句辄来，唯论意表"。诗人善于在平易地写景中蕴含着深长的比兴寄喻，形象明朗，诗旨含蓄，而意向显豁，发人联想。就此诗而论，诗人巧妙地抓住王昌龄从前隐居的旧地，深情地赞叹隐者王昌龄的清高品格和隐逸生活的高尚情趣，诚挚地表示讽劝和期望仕者王昌龄归来的意向。因而在构思和表现上，"唯论意表"的特点更为突出，终篇都赞此劝彼，意在言外，而一片深情又都借景物表达，使王昌龄隐居处的无情景物都充满对王昌龄的深情，愿王昌龄归来。但手法又只是平实描叙，不拟人化。所以，其动人在写情，其悦人在传神，艺术风格确实近王维、孟浩然一派。

三　月

【唐】韩偓

辛夷才谢小桃发①，蹋青过后寒食前。
四时最好是三月，一去不回唯少年。
吴国地遥江接海，汉陵②魂断草连天。
新愁旧恨真无奈，须就邻家瓮③底眠。

【注　释】

①谢：凋谢。发：开发。
②汉陵：汉陵，即西汉历朝帝王的陵墓，在陕西咸阳北原（亦称五陵原）。
③瓮：酒瓮。

作者名片

韩偓（842—923），乳名冬郎，字致光，号致尧，晚年又号玉山樵人，陕西万年县（今樊川）人，唐代诗人。自幼聪明好学，10岁时，曾即席赋诗送其姨夫李商隐，令满座皆惊，李商隐称赞其诗是"雏凤清于老凤声"。龙纪元年（889），韩偓中进士，初在河中镇节度使幕府任职，后入朝历任左拾遗、左谏议大夫、度支副使、翰林学士。

译　文

辛夷花刚刚凋谢，小桃花又接续开放了。三月三踏青过后，直到清明前。三月里的这段日子，正是四季里最美好的时节，可是年少青春却一去不返。当此之时，遥远的吴地，江流入海，长安汉家陵墓春草连天，惹人肠断。新愁旧恨萦绕心头，自知无法消除，还得在邻家酒瓮旁烂醉而眠。

赏析

该诗主要表达了诗人对时光易逝、盛景不再的感慨，其中也寄寓了诗人壮志难酬的无奈。这与诗人所处的时代不无关系。晚唐早已没有了盛唐的雄壮和积极向上的精神状态，剩下的仅有颓废和衰弱，作为始终坚持反对朱全忠篡唐的有气节的士人，身处这种时代，面对危乱的时局，却只能无奈叹息。这首《三月》正是诗人无奈的哀叹，一方面是借哀叹美好的初春三月来哀叹国势颓危的晚唐王朝，另一方面也在为自己盛年易逝、无可挽留、功业未就的现实感慨万分，诗的结尾"新愁旧恨真无奈，须就邻家瓮底眠"万般无奈的心情表露纸上，借酒消愁却愁更愁。

酒泉子·买得杏花

【唐】司空图

买得杏花，十载归来方始坼①。假山西畔药阑②东，满枝红。

旋开旋③落旋成空，白发多情人更惜。黄昏把酒④祝东风，且从容⑤。

【注　释】

①坼（chè）：绽开，词中指花蕾绽放。
②药阑（lán）：篱笆、花栏。一说指芍药围成的花栏。
③旋：急忙、匆匆。
④把酒：执酒。
⑤从容：悠闲舒缓的样子。

作者名片

司空图（837—908），字表圣，自号知非子，又号耐辱居士，晚唐诗人、诗论家。祖籍临淮（今安徽泗县东南），自幼随家迁居河中虞乡（今山西永济）。司空图成就主要在诗论，《二十四诗品》为其不朽之作。《全唐诗》收诗三卷。

译 文

买来的杏花，离家十年归来刚刚看到它开放。假山的西面，药圃的东头，满枝开得正红。

花儿开得快也落得快，一忽儿全都成空。白发年老却多情，人就是这样怜惜感伤。黄昏时举酒祈祷东风，愿你对她稍加宽厚，吹拂从容。

[赏析]

词的上片叙事写景。首两句叙栽种杏花的经过：自买杏栽种到自己亲眼看到杏花开放，竟已隔了十年的时间。作者自咸通十年（869）登进士第以后，便宦游在外，到返乡，其间共隔十一年时间。"十年"当是举其成数而言。"方始坼"言外之意是说：花亦多情，竟知待归始放。作者写作诗词每每超越经验世界而注重眼前直觉，因此此杏去年开花与否，完全可以丢开不管；反正是眼前开了，便可以尽情吟赏。"假山西畔药阑东，满枝红"两句，一是说杏花在园中的位置适中，东边是假山，西边是芍药阑，景物配置合宜，使人感到它在主人的心目中占有特殊的地位。二是说盛开的杏花喷红溢艳，令人感到赏心悦目。上片四句虽然没有直接描写作者对杏花的态度，但爱杏之心已经不言而喻了。

下片主要抒发感慨。"旋开旋落旋成空"一句叠用三个"旋"字，把昨天的花开、眼前的花落和若干天以后的枝上花空三个阶段飞快扫过，极言好景不长，韶华易逝。从创作上看，词人是一个很善于把自己的心曲外物化的词人。十载功名，刹那间成为过眼云烟。这与杏花"旋开旋落旋成空"的现象可谓"妙契同尘"。悲物，也是悲己，因而读者不难从中听到作者怅惘、失意、痛楚的心声。"白发多情人更惜"，多情人易生华发，缘于善感。值此花开花落的时节，当然更是如此。由于词人入世之心未泯，惜时，表明他尚有所待。"黄昏把酒祝东风，且从容"，词人的政治前途与唐王朝是紧紧联系在一起的，唐王朝的命运"旋成空"的话，词人就无所指望了。"且从容"三字看似漫不经心，实则字字为焦虑、忧思所浸渍，因而可以说是"味无穷而炙愈出"了。

山 行

【唐】项斯

青枥林深亦有人①，一渠流水数家分②。
山当日午③回峰影，草带泥痕过鹿群。
蒸茗气从茅舍出④，缲丝⑤声隔竹篱闻。
行逢卖药归来客，不惜相随入岛云⑥。

【注 释】

①青枥（lì）：一种落叶乔木，亦称枥树。深：一作"疏"。
②分：分配，分享。
③回：一作"移"。日午：中午。
④从：一作"冲"。茅舍：茅屋。
⑤缲丝：煮茧抽丝。
⑥不惜：不顾惜，不吝惜。岛云：白云飘浮山间，有如水中岛屿。

作者名片

项斯，字子迁，晚唐著名诗人，836年前后在世，台州府乐安县（今浙江仙居）人。项斯是台州第一位进士，也是台州第一位走向全国的诗人。他的诗在《全唐诗》中就收录了一卷计88首，被列为唐朝百家之一。项斯著有诗集一卷，有《新唐书·艺文志》传于世。

译　文

青青的栎树林的深处也住着人，一条小溪由几户人家共享同分。高山在正午时分峰影已经移动，草叶上沾着泥痕因刚跑过鹿群。蒸煮茶叶的香气从茅屋里冒出，缫丝的声响隔着竹篱也能听闻。在路上遇见了卖药归来的山客，心甘情愿随他进入如岛的白云。

赏析

"青栎林深亦有人，一渠流水数家分"。起笔展示山间佳境——有景，有人，有村落。"亦""分"二字下得活脱。"亦"字表明此处栎木虽已蔚成深林，但并非杳无人烟，而是"亦有人"。有人必有村，可诗人并不正面说"亦有村"，却说一条溪水被几户人家分享着，这就显得语出不凡。这里一片栎林，一条溪水，几户人家，一幅恬美的山村图都从十四字绘出。

颔联写景更细。诗人用"点染法"，选取"山当日午""草带泥痕"两种寻常事物，写出极不寻常的诗境来。乍看"山当日午"，似乎平淡无奇，可一经"回峰影"渲染，那一渠流水，奇峰倒影，婆娑荡漾的美姿，立刻呈现目前。同样，"草带泥痕"，也是平常得很，可一经"过鹿群"渲染，那群鹿竞奔、蹄落草掩的喜人景象，立刻如映眼帘。

在颈联里，诗人准确地捕捉暮春山村最具特色的物事

——烘茶与抽茧，来开拓诗的意境。巧妙的是，诗人并未直说山村农民如何忙碌于捡茶、分茶、炒茶和煮茧、退蛹、抽丝，而只是说从茅舍升出袅袅炊烟中闻到了蒸茗的香味；隔着竹篱听到了缫丝的声音，从而使读者自己去领略农事丰收的盛景。这里，诗人创造的意境因借助于通感作用，产生了一种令人倍感亲切的氛围。

按照诗意发展，尾联似应写诗人走进山村了。但是不然，"行逢卖药归来客，不惜相随入岛云"。当诗人走着走着，邂逅卖药材回来的老者，便随同这位年老的药农一道进入那烟霭茫茫的深山岛云中去。这一收笔，意味深长，是诗旨所在。"不惜"二字隐隐透露了诗人不投身热气腾腾的制茶抽丝的山村，却遁迹空寂的云山的苦衷。

初授官题高冠①草堂

【唐】岑参

三十始一命②，宦情③多欲阑。
自怜无旧业④，不敢耻微官⑤。
涧水吞樵路⑥，山花醉药栏。
只缘五斗米⑦，辜负一渔竿⑧。

【注 释】

①高冠：长安西部的高冠峪，因山内石帽峰恰似巨人头戴高帽故名，有著名的高冠瀑布，岑参曾在此隐居耕读十载。
②一命：最低等的官职。周代的官秩为九命，一命最低。
③宦情：做官的志趣、意愿。
④自怜：自伤；自我怜惜。旧业：祖传家业。
⑤微官：小官。
⑥涧水：指从高冠峪流过的溪水。樵路：打柴人走的小路。
⑦五斗米：指官俸。
⑧渔竿：钓鱼的竹竿。此处作垂钓隐居的象征。

作者名片

岑参（约 718—约 769），荆州江陵（今湖北江陵）人或南阳棘阳（今河南南阳）人，唐代诗人，与高适并称"高岑"。文学创作方面，岑参工诗，长于七言歌行，对边塞风光、军旅生活以及异域的文化风俗有切身的感受，边塞诗尤多佳作。据陈铁民、侯忠义的《岑参集校注》载，岑参现存诗 403 首，文有《感旧赋》一篇、《招北客文》一篇和墓铭两篇。

译　文

人到三十才得个一命官，仕宦的念头快要消磨完。自怜没有什么祖传家业，总不敢嫌弃这微小的官。涧水吞没了采樵的小路，美丽的山花醉倚在药栏。只因为这五斗米的官俸，竟然要辜负这根钓鱼竿。

赏析

首联感慨多年未得到做官的机会，到了三十多才好不容易有个小官做，感慨这么多年做官的心情已经多半消退了。"三十始一命"，"一命"是官秩最低等，从八品，负责看守兵甲器杖、管理门禁锁钥，工作刻板琐碎。这对隐居耕读十载的岑参来说太失望了。于是感到"宦情多欲阑"，做官的念头消磨殆尽。

但失望归失望，因为家无产业，诗人还是不敢对这来之不易的小小官职有不屑之意。"自怜无旧业，不敢耻微官。"在这里，岑参流露出对其初授官职不那么感兴趣，从官职的卑微来说，本不屑为之；可是为生活所迫，却不敢以此为耻。其无可奈何的心态跃然纸上。

第三联写景。"涧水吞樵路，山花醉药栏"两句中最精练传神的分别是"吞""醉"。前者写出了谷水淹没山间小路、恣肆无拘的情态，后者写出了山花装点药栏、旁若无人怒放的情态，从而表达诗人对隐逸生活的留恋。

尾联运用了用典、借代的修辞手法，很生动的写景，同时暗喻诗人为了微薄的官禄不得不割舍闲适自得的生活的矛盾心理。

暮秋山行

【唐】岑参

疲马卧长坂，夕阳下通津。

山风吹空林，飒飒①如有人。

苍旻②霁凉雨，石路无飞尘。

千念集暮节，万籁悲萧辰。

鶗鴂③昨夜鸣，蕙草④色已陈。

况在远行客，自然多苦辛。

【注释】

①飒飒（sà）：风声。
②旻（mín）：天空。此处指秋季的天。
③鶗鴂（tí jué）：亦作"鹈鴂"，即杜鹃鸟。
④蕙草：一般指燕草，为报春花科植物灵香草的带根全草。主治感冒头痛、咽喉肿痛、牙痛、胸腹胀满、蛔虫病。

译 文

马儿已经疲惫，睡卧在长长的山坡上，太阳已经落到水面上。山中的秋风吹进空寂的树林，树叶飒飒作响，好像有人在其中行走。苍茫的天空下起冷冷秋雨，青石路面上没有一点尘土。在这岁暮时节，心中百感交集，一切声音都让人悲怆愁闷。鸱鸺昨晚在不停鸣叫，蕙草已经渐渐枯黄凋落。何况我这远行的异乡人，自然就会有很多难以言说的艰苦辛酸。

〔赏析〕

此诗描写了暮秋时节，诗人独步山林时的所见所感。诗中运用比喻、衬托等手法，描绘了暮秋的景色，突出了山林的空寂，也映衬了作者倦于仕途奔波的空虚惆怅的心境。语言清新自然，描绘生动传神，构思新奇巧妙，意境幽远凄清。

送外甥怀素上人归乡侍奉①

【唐】钱起

释子②吾家宝，神清慧有余。

能翻梵王字③，妙尽伯英④书。

远鹤无前侣，孤云寄太虚。

狂来轻世界⑤，醉里得真如⑥。

飞锡⑦离乡久，宁亲喜腊初⑧。

故池残雪满，寒柳霁烟疏。

寿酒还尝药，晨餐不荐鱼。

遥知禅诵外，健笔⑨赋闲居。

【注 释】

①怀素：唐代著名僧人，大书法家。玄奘弟子，字藏真，俗姓钱。上人：佛家语，指道德高尚的人，后为僧人的敬称。侍奉：奉养意。

②释子：僧人、和尚，此指怀素。

③翻：翻译。梵王字：指佛经。

④伯英：即张旭，其字伯英，是早于怀素的大书法家。

⑤世界：佛家语，指宇宙。

⑥真如：佛家语，指永恒存在的实体、实性。

⑦飞锡：佛家语，和尚游方称为飞锡。

⑧宁亲：使父母安宁，此为奉养父母。腊初：腊月初旬。

⑨健笔：勤奋地练笔。

作者名片

钱起（约722—780），字仲文，吴兴（今浙江湖州）人，唐代诗人。他是大历十才子之一，也是其中杰出者，被誉为"大历十才子之冠"。又与郎士元齐名，称"钱郎"，当时称为"前有沈宋，后有钱郎"。钱起当时诗名很盛，其诗多为赠别应酬、流连光景、粉饰太平之作，与社会现实相距较远。然其诗具有较高的艺术水平，风格清空闲雅、流丽纤秀，尤长于写景，为大历诗风的杰出代表。少数作品感时伤乱，同情农民疾苦。以《省试湘灵鼓瑟》诗最为有名。有《钱考功集》，集中五绝《江行无题一百首》及若干篇章，为其曾孙钱珝所作。

译 文

上人你乃是我们宗族的骄傲，你聪慧有余，能翻译印度佛家经典，你的书法深得张旭的精髓。远远飞去的仙鹤没有伴侣可追逐，孤单的白云飘浮于浩渺的太空之中，你单身远离家乡已经很久。你写起狂草来眼里全然没有了时空宇宙，醉后舞墨更能展现世界万象的真谛。你离开家乡，四海云游，时间太久；你如今在这腊月之初回乡探望，亲人该是多么高兴。你的故园池塘中满是残雪，柳条稀疏，烟雨迷蒙。你祝寿敬酒，熬汤侍药，晨餐素食，精心侍奉父母。我远在千里之外，也知道你在家除了诵经之外，还过着健笔如飞、赋诗闲居的生活。

赏析

此诗通篇赞誉之词，却无奉承之嫌，洋溢着浓浓深情。全诗使用了很多佛家用语，十分切合怀素上人身份。意境清新，蕴藉丰富，言有尽而意无穷。

省试湘灵鼓瑟

【唐】钱起

善鼓云和瑟①，常闻帝子灵。

冯夷空②自舞，楚客③不堪听。

苦调凄金石④，清音入杳冥⑤。

苍梧来怨慕⑥，白芷动芳馨。

流水传潇浦⑦，悲风过洞庭。

曲终人不见，江上数峰青。

【注释】

①鼓：一作"拊"。云和瑟：云和，古山名。
②冯（píng）夷：传说中的河神名。空：一作"徒"。
③楚客：指屈原，一说指远游的旅人。
④金：指钟类乐器。石：指磬类乐器。
⑤杳冥：遥远的地方。
⑥苍梧：山名，今湖南宁远县境，又称九嶷，传说舜帝南巡，崩于苍梧，此代指舜帝之灵。来：一作"成"。
⑦潇浦：一作"湘浦"，一作"潇湘"。

译 文

常常听说湘水的神灵，善于弹奏云和之瑟。美妙的乐曲使得河神冯夷闻之起舞，而远游的旅人却不忍卒听。那深沉哀怨的曲调，连坚硬的金石都为之感动、悲伤；那清亮高亢的乐音，穿透力是那样强劲，一直飞向那高远无垠的地方。当如此美妙的乐曲传到苍梧之野时，连安息在九嶷山上的舜帝之灵也为之感动，生出抱怨思慕之情；而生长在苍梧一带的白芷，在乐曲的感召之下，也吐出了更多的芬芳。乐声顺着流水传到湘江，化作悲风飞过了浩渺的洞庭湖。曲终声寂，却没有看见鼓瑟的湘水女神，江上烟气消散，露出几座山峰，山色苍翠迷人。

[赏析]

白芷是伞形科草本植物，高四尺余，夏日开小白花。以根入药，有祛病除湿、排脓生肌、活血止痛等功能。主治风寒感冒、头痛、鼻炎、牙痛、赤白带下、痛疽肿毒等症，亦可作香料。

此诗既紧扣题旨，又能驰骋想象，天上人间，幻想现实，无形的乐声得到有形的展现。全诗通过曾听—客听—远近听—苍梧怨—水风悲等多层次多角度的描写，形象地再现了湘灵——娥皇和女英寻夫不遇鼓瑟所弹奏的苦调清音，生动地表现了二妃对爱情生死不渝的忠贞和对驾崩于苍梧的舜帝的哀怨和思慕之情，成为公认的试帖诗范本。

月夜重寄宋华阳姊妹①

【唐】李商隐

偷桃窃药②事难兼，十二城中锁彩蟾③。

应共三英④同夜赏，玉楼仍是水精帘⑤。

【注 释】

①宋华阳姊妹：作者在玉阳山学道时暗恋的宋华阳姊妹，均是女道士。

②偷桃：道教传说，王母种桃，三千年一结子，东方朔曾三次偷食，被谪降人间。窃药：
《淮南子·览冥训》载，后羿在西王母处求得不死的灵药，嫦娥偷服后奔入月宫中。

③十二城：亦作十二楼、十二层城，道教传为仙人居处，此借指道观。彩蟾：神话传说
月中有蟾蜍，因借以指月，此指代宋华阳姊妹。

④三英：三朵花，指三位女性，即宋华阳姊妹。

⑤水精帘：质地精细而色泽莹澈的帘子。

作者名片

　　李商隐（约813—858），字义山，号玉谿生，祖籍怀
州河内（今河南沁阳），生于郑州荥阳（今河南郑州荥
阳市）。晚唐著名诗人，和杜牧合称"小李杜"。李商
隐是晚唐乃至整个唐代，为数不多的刻意追求诗美的
诗人。擅长诗歌写作，骈文文学价值颇高。其诗构
思新奇，风格秾丽，尤其是一些爱情诗和无题诗
写得缠绵悱恻，优美动人，广为传诵。

译 文

　　偷桃窃药是两件美事，可惜难两全。玉阳碧城十二楼，曾经幽禁过
彩蟾。本来我应跟三位美女，一起欣赏月光团圞。那华阳观玉楼，仍然
像透明的水精帘。

〔赏析〕

　　这首诗首两句是诗人心中发出的感喟，一种深情的阻隔，即使近在咫尺，也形同天涯，可望而不可即。先引用两个典故来喻意，一是用嫦娥偷灵药得仙人月，来喻宋氏姊妹已飞升成仙，一是用东方朔三次偷王母蟠桃事来喻诗人自己。作者认为：但仙凡两境界，"事难兼"啊，今夜自己只能望着高楼，"彩蟾"被锁在深阁，城关重重，哪能相见呢？这两句中"兼"与"锁"两词写出了人间种种阻隔，心愿与现实总是相违，在情爱生活中同样如此，对诗人而言，人间无形阻难感受更深了。

　　后两句点出"月夜"，诗人此时此景的想象与感受应是如此的：这明月皎洁，月光如银，安详宁静的夜晚是多么好的时光啊，如果我们三人相聚于山水亭角之间，开怀言志，情感交触，共赏明月，然而这仅是一种梦幻和想象了，抬头一望，我只能出神地仰视一下你们高楼上悬挂的水精帘了。

　　此诗后两句在构思上有一个特色，即"应"与"未"对举，"正"与"反"相合，这更加浓了情深意厚、美事难成的寓意。句中"共"与"仍"也是相辅相成的，"共"是美好的意愿，而"仍"却蕴藏了生活中多少阻碍与不测。

菊　花

【唐】李商隐

暗暗淡淡紫，融融冶冶①黄。

陶令②篱边色，罗含③宅里香。

几时禁重露④，实是怵残⑤阳。

愿泛金鹦鹉⑥，升君白玉堂⑦。

【注 释】

①融融：光润的样子。冶冶：艳丽的样子。
②陶令：指陶渊明，因其在彭泽县做过县令，故称陶令。
③罗含：字君长，号富和，东晋桂阳郡耒阳（今湖南耒阳）人。博学能文，不慕荣利，
　编苇做席，布衣蔬食，安然自得。被江夏太守谢尚赞为"湘中之琳琅"。
④重露：指寒凉的秋露。
⑤残：一作"斜"。
⑥金鹦鹉：金制的状如鹦鹉螺的酒杯。泛：指以菊花浸酒。
⑦白玉堂：指豪华的厅堂，喻朝廷。升：摆进。

译 文

　　暗暗淡淡的紫色，温润娇艳的黄色。菊花曾在隐士陶渊明东篱的边上展现丽色，在罗含的庭院里吐露芬芳。菊花能够承受寒凉的秋露，可是却害怕夕阳的来临。我愿浸在金鹦鹉杯中，为身居白玉堂中的明君所用。

〔赏析〕

　　这是一首借物抒怀的诗。虽然诗中写到陶渊明，但根本点则不是甘于田园。而是借菊寄托自己渴望入朝的热望。这里的菊花，淡淡的紫色，鲜艳的黄色，它们既有陶公篱旁的雅色，又有罗含院里的淡香。它不畏霜露，却担心夕阳。它可以傲然凌霜盛开，面对时光流逝却显无奈。即使它枯萎了，也可以制成美酒，盛在精巧的鹦鹉杯中，来到高贵的宴席之上。这里诗人热情讴歌了菊花的雅色和清香，高度赞扬了菊花不怕霜露的傲骨以及可贵的奉献精神。

野 菊

【唐】李商隐

苦竹园南椒坞边^①，微香冉冉泪涓涓^②。

已悲节物^③同寒雁，忍委芳心^④与暮蝉。

细路独来当此夕，清尊相伴省他年^⑤。

紫云^⑥新苑移花处，不取霜栽近御筵^⑦。

【注 释】

①苦竹：指野菊托根在辛苦之地。竹为苦竹，而椒味辛辣，皆以喻愁恨。椒：灌木名。
坞：四周高中间低的地方。
②泪涓涓：形容花上的露珠、水滴。
③节物：具有季节性的景物。
④芳心：惜花之心。
⑤清尊：指当年顾遇。省他年：回忆往事。
⑥紫云：指中书省。开元元年曾改中书省为紫薇省，令曰紫薇令。此指令狐绹移官内
职，任中书舍人。
⑦不取：对令狐绹不加提携表示怨望。霜栽：指傲霜的秋菊。

译 文

　　从一片苦竹园漫步向南，来到起伏的椒坞边。野菊的微香四处飘散，花上的秋露似泪珠点点。令人同情的野菊寂寞无伴，如同寒风中飞行的孤雁。满腹惜花的心情有口难言，怎忍心托付傍晚的蝉？夕阳中有一条弯曲的小路，我独自走来徘徊无数。一只酒杯与我亲密相伴，乘着酒兴将往事浮想联翩。紫云东来，随风飘荡，御苑移花，充满吉祥。但是野菊却受人轻待，无人选栽排斥在御筵之外。

[赏析]

诗人自桂幕归京后，暂代京兆府某曹参军。京兆府掾曹位卑职微，此期生活相当困窘。李商隐借咏菊表达对自身命运的感喟，他欣赏菊花的高洁，以菊自比，但表述更多的却是孤芳自赏的寂寞，以及想要摆脱这一处境却无能为力的压抑无奈。

和马郎中移白菊见示①

【唐】李商隐

陶诗只采黄金实②，郢曲③新传白雪英。

素色不同篱下发，繁花疑自月中生。

浮杯小摘开云母④，带露全移缀水精⑤。

偏称含香⑥五字客，从兹得地⑦始芳荣。

【注　释】

①马郎中：即前水部马郎中。《移白菊见示》是马郎中的诗。

②黄金实：指菊花。陶渊明爱菊，诗中多有对菊花的赞美。

③郢曲：郢是战国时楚国都城，郢城中有《下里巴人》《阳春白雪》等歌曲。此借《白雪歌》引出白菊之英。

④小摘：喻花未盛开。云母：谓花似白云母。

⑤水精：即石英。此形容菊上露珠之晶莹。

⑥含香：鸡舌香，即丁香。陈藏器以鸡舌香为丁香母。宋时按沈括考究诸义直是丁香无疑。《齐民要术》云：鸡舌香，世以其似丁子故一名丁子香。应劭为汉侍中，年老口臭。帝赐鸡舌香含之，后来三省故事郎官日含鸡舌香，欲其奏事对答芬芳。

⑦得地：犹得所。

译 文

陶渊明诗中只是采黄菊的黄精。郢都歌曲中新传唱阳春白雪的白雪花英。白色不同于黄色在篱笆墙下发展，繁盛的白花繁白好像从月亮银水中出生。分开来仔细观看，它晶莹剔透，如同云母一样玲珑。从整体上观察，那洁白纯净的花瓣上带着一串串透明的露珠，如水晶般明亮。偏偏称心的五字诗人客对您含着鸡舌香的郎官来称赞，您如这白菊花从此得地就开始欣欣向荣了！

赏析

这首诗作于会昌四年（844）。这年春天，李商隐全家迁到永乐（今山西芮城附近）居住。此地处于中条山南麓，黄河北岸，有山有水，风光秀丽。诗人来到这里后生活很清闲，因为在这一期间他因家母丧而去官在家安住，暂时远离了复杂的政治舞台，住"蜗牛舍"，饮松醪酒，又弄琴笙，赏花草，游山玩水，吟诗作赋，此诗就是诗人当时悠闲心境的反映。

嫦 娥

【唐】李商隐

云母屏风①烛影深②，长河渐落晓星③沉。
嫦娥应悔偷灵药④，碧海青天夜夜心。

【注 释】

①云母屏风：以云母石制作的屏风。云母，一种矿物，板状，晶体透明有光泽，古代常用来装饰窗户、屏风等物。
②深：暗淡。
③晓星：晨星。或谓指启明星，清晨时出现在东方。
④灵药：指长生不死药。

译 文

云母屏风上烛影暗淡，银河渐渐斜落晨星也隐没低沉。嫦娥应该后悔偷取了长生不老之药，如今空对碧海青天夜夜孤寂。

赏析

此诗咏叹嫦娥在月中的孤寂情景，抒发诗人自伤之情。前两句分别描写室内、室外的环境，渲染空寂清冷的气氛，表现主人公怀思的情绪；后两句是主人公在一宵痛苦的思忆之后产生的感想，表达了一种孤寂感。全诗情调感伤，意蕴丰富，奇思妙想，真实动人。

重过圣女祠

【唐】李商隐

白石岩扉碧藓滋①，上清沦谪得归迟②。
一春梦雨常飘瓦，尽日灵风不满旗③。
萼绿华④来无定所，杜兰香⑤去未移时。
玉郎⑥会此通仙籍，忆向天阶问紫芝⑦。

【注 释】

①白石岩扉：指圣女祠的门。岩扉即岩洞的门。碧藓滋：碧藓即青苔。
②上清：道教传说中神仙家的最高天界。沦谪得归迟：谓神仙被贬谪到人间，迟迟未归。此喻自己多年蹉跎于下僚。沦：一作"论"。
③尽日：犹终日，整天。不满旗：谓灵风轻微，不能把旗全部吹展。

④萼绿华：传说中女仙名。言是九嶷山中得道女子罗郁。

⑤杜兰香：神话传说中的仙女。典出晋人曹毗所作《杜兰香传》。

⑥玉郎：道家所称天上掌管神仙名册的仙官。此引玉郎，或云自喻；或云喻柳仲郢，时柳奉调将为吏部侍郎，执掌官吏铨选。

⑦紫芝：一种真菌。古人以为瑞草，道教以为仙草。此处指朝中之官职。

译 文

圣女祠的白石门边长满碧绿的苔藓，从上清仙境谪落此地迟迟未得回还。春天里蒙蒙细雨常洒向大殿的青瓦，整日里神风微弱吹不动祠中的旗幡。萼绿华自由自在说来就来居无定所，杜兰香青童接驾说走就走立时归返。玉郎与圣女相会于此并给通报仙籍，圣女想一起登天阶服紫芝位列众仙。

赏析

此诗歌咏一位"上清沦谪"的圣女及其居所圣女祠。首联点明"重过"和"沦谪"；颔联写圣女祠的景色，渲染祠堂的神秘气氛；颈联写圣女行踪飘忽；尾联追述当年初过时的际遇，抚今追昔。全诗融合了诗人自己遇合如梦、无所依托的人生体验，意境缥缈沉郁，含蓄地寄寓了诗人的今昔之感。

蝉

【唐】李商隐

本以高难饱①，徒劳恨费声②。

五更疏欲断③，一树碧无情。

薄宦梗犹泛④，故园芜已平⑤。

烦君最相警⑥，我亦举家清⑦。

【注 释】

①以：因。薄宦：指官职卑微。高难饱：古人认为蝉栖于高处，餐风饮露，故说"高难饱"。

②恨费声：因恨而连声悲鸣。费，徒然。

③疏欲断：指蝉声稀疏，接近断绝。

④薄宦：官职卑微。梗犹泛：喻漂泊不定，孤苦无依。梗，指树木的枝条。

⑤故园：对往日家园的称呼，故乡。芜已平：荒草已经平齐没胫，覆盖田地。芜，荒草。平，指杂草长得齐平。

⑥君：指蝉。警：提醒。

⑦举家清：全家清贫。举，全。清，清贫，清高。

译 文

你栖身高枝之上才难以饱腹，虽悲鸣寄恨而无人同情。五更以后疏落之声几近断绝，可是满树碧绿依然如故毫不动情。我官职卑下，行踪飘忽不定，家园难返，故乡的田园也早已荒芜。烦劳你的鸣叫让我能够警醒，我也是家徒四壁，举家清苦。

赏析

此诗先是描写蝉的境遇，后面直接跳到自身的遭遇上来，直抒胸臆，感情强烈，最后却又自然而然地回到蝉身上，首尾圆融，意脉连贯。全诗以蝉起，以蝉结，章法紧密，对蝉的刻画与诗人情意的婉转表达到了浑然交融与统一的程度，是托物咏怀的佳作。

登鹿门山①怀古

【唐】 孟浩然

清晓因兴来，乘流越江岘②。

沙禽近方③识，浦树遥④莫辨。

渐至⑤鹿门山，山明翠微浅。

岩潭多屈曲，舟楫屡回转。

昔闻庞德公，采药遂不返。

金涧饵芝术⑥，石床卧苔藓。

纷吾感耆旧⑦，结揽事攀践。

隐迹今尚存，高风邈已远。

白云何时去，丹桂空偃蹇⑧。

探讨⑨意未穷，回艇⑩夕阳晚。

【注 释】

①鹿门山：在今湖北省襄阳市东南。

②江岘：江边小山。此处小山指襄阳市内之岘山。

③方：《全唐诗》校："一作初，又作相。"

④浦：水边。遥：《全唐诗》校："一作远。"

⑤至：《全唐诗》校："一作到。"

⑥金涧：指风景秀美的山涧。饵：《全唐诗》校："一作养。"按，对照下句，以作"养"为是。芝术（zhú）：灵芝（一种菌类植物）、白术（草名，根茎可入药）。

⑦纷：盛多。耆旧：年老的朋友，也指年高望重者，此指庞德公。

⑧丹桂：桂树的一种，皮赤色。偃蹇：此处解作妖娆美好的样子。

⑨探讨：寻幽探胜。

⑩艇：《全唐诗》校："一作舻。"指船。

作者名片

　　孟浩然（689—740），名浩，字浩然，号孟山人，襄州襄阳（今湖北襄阳）人，唐代著名的山水田园派诗人，世称"孟襄阳"。因他未曾入仕，又称之为"孟山人"。孟诗绝大部分为五言短篇，多写山水田园和隐居的逸兴以及羁旅行役的心情。其中虽不无愤世嫉俗之词，而更多属于诗人的自我表现。孟浩然的诗在艺术上有独特的造诣，后人把孟浩然与盛唐另一山水诗人王维并称为"王孟"，有《孟浩然集》三卷传世。

译 文

　　清晨怀着兴致出门来，小船渡过汉江绕岘山。沙洲的水鸟近看才可识别，水边的树木远望不能分辨。船行款款来到鹿门山，阳光明亮使山岚浅淡。岩石间的潭水曲曲弯弯，行船到此每每迂回绕转。听说庞德公曾到这里，入山采药一去未回还。山涧中适宜生长灵芝白术，石床上长满了厚厚的苔藓。深深感念这位襄阳老人，系住缆绳举足向上登攀。隐居的遗迹至今犹可寻觅，超俗的风格已经远离人间。相伴的白云不知何时飘去，栽下的丹桂空自妖娇美艳。寻迹怀古兴味犹未尽，划船归来夕阳落西山。

〔赏析〕

　　此诗先写清晨乘船赴鹿门山沿途所见的景物，"沙禽""浦树"二句的描写，正是清晨景物特色，可见诗人游览之"兴"甚浓；继写登山探访隐士遗踪，见隐士遗迹尚存，但隐士的高风亮节已相去邈远，便无限感慨，抒发了深沉的怀古幽情；最后写"回艇"，留下无限眷恋，表达了作者对古代高士的仰慕之情。

鹦鹉洲①送王九之江左

【唐】孟浩然

昔登江上黄鹤楼，遥爱江中鹦鹉洲。
洲势逶迤②绕碧流，鸳鸯鸂鶒满滩头③。

滩头日落沙碛④长，金沙熠熠动飙光。

舟人牵锦缆⑤，浣女结罗裳。

月明全见芦花白，风起遥闻杜若⑥香。

君行采采⑦莫相忘。

【注 释】

①鹦鹉洲：在湖北武汉市南长江中。

②逶迤：曲折绵延貌。绕：全唐诗校："一作还。"

③鸂鶒：水鸟名，多紫色，较鸳鸯为大，成双游水中，又称紫鸳鸯。滩：全唐诗校："一作沙。"

④沙碛：浅水中的沙石。

⑤锦缆：华美的系船缆绳。

⑥杜若：一名杜衡，中药名。具有祛风散寒，消痰行水，活血止痛，解毒之功效。常用于风寒感冒、痰饮喘咳、水肿、风寒湿痹、跌打损伤、头痛、齿痛、胃痛、疝气腹痛、瘰疬、肿毒、蛇咬伤等。

⑦采采：盛貌。此就鹦鹉洲的风光而言。

译 文

　　昔日每次登上黄鹤楼，最爱的就是远眺鹦鹉洲。沙洲弯弯曲曲连绵不断，碧绿的江水绕过沙洲缓缓流去。鸳鸯和鸂鶒鸟在洲边水中嬉戏、漫游。长长的沙堤之上洒满了落日的余晖，金色的沙滩在夕阳的照耀下闪着熠熠夺目的光彩。岸边船夫正在系紧小舟缆绳，挽起罗裙的浣纱女正在水边忙碌。月光皎皎远处白茫茫的芦花连成一片，夜风拂过带来阵阵杜若香。你此次离去不要忘了我呀！

赏析

　　此诗开篇二句先从昔日登黄鹤楼遥望鹦鹉洲的印象，突出一个"爱"字，为此时的游赏做铺垫。"洲势"以下，即着意描写鹦鹉洲的胜景，从傍晚到月夜，从无生命体到有生命体，依次写来，浓墨重彩，声光满纸。最后以"君行采采莫相忘"作结，点出送王九出游之意。

菩萨蛮·雨晴夜合玲珑①日

【唐】温庭筠

雨晴夜合玲珑日，万枝香袅红丝拂②。闲梦忆金堂③，满庭萱草④长。

绣帘垂箓簌⑤，眉黛远山⑥绿。春水渡溪桥，凭栏魂欲销。

【注 释】

①夜合：合欢花的别称，又名合昏。古时赠人，以消怨合好。玲珑：空明。

②香袅：香气浮动。红丝拂：指夜合花下垂飘动。

③金堂：华丽的厅堂。

④萱草：草本植物，俗称黄花菜，传说能使人忘忧。

⑤箓簌（lù sù）：下垂貌。此处指帘子下垂的穗子，流苏一类的饰物。

⑥眉黛远山：用黛画眉，秀丽如远山。远山眉与小山眉为古代眉式的种类，并为入时之妆。

作者名片

温庭筠（约812—866），本名岐，字飞卿，太原祁（今山西祁县东南)人，唐代诗人、词人。富有天才，文思敏捷，每入试，押官韵，八叉手而成八韵，所以也有"温八叉"之称。精通音律。工诗，与李商隐齐名，时称"温李"。其诗辞藻华丽，浓艳

精致，内容多写闺情。其词艺术成就在晚唐诸词人之上，为"花间派"首要词人，对词的发展影响较大。在词史上，与韦庄齐名，并称"温韦"。存词70余首。后人辑有《温飞卿集》及《金奁集》。

译　文

　　夜合花沐浴着雨后的阳光，千枝万朵红丝轻拂，袅袅地蒸腾着浓郁的芳香。闲时又梦见那豪华的厅堂，旁边的萱草又绿又长，在那里我们相知相识。

　　绣帘的流苏仿佛坠压在我的心头，远山的碧绿如我眉间浓浓的忧愁。溪桥下流水潺潺，凭栏远眺，思魂更是难禁，春水流淌的都是我的相思与忧愁。

赏析

　　此词写闺中女子的白日闲梦与梦后幽情。上片由雨后的合欢花兴起男女爱情，女主人公在静谧美好的环境中因景生梦，醒后回味梦中情状；下片回到现实，女主人公坐在绣帘后满含愁意，凭栏眺望，一江春水缓缓流过溪桥，联想到自己的青春年华也如春水流逝，不禁愁思茫然。全词通过梦中所忆之物，梦后所见之景，刻画了一个多愁善感、孤寂悲凉、愁苦恍惚的思妇形象，章法跳跃灵动，意境缠绵凄艳，语言贴合温词造句精工、密丽浓艳的风格。

定西番·海燕欲飞调羽

【唐】温庭筠

海燕①欲飞调羽。萱草②绿，杏花红，隔帘拢。

双鬟翠霞金缕，一枝春艳浓。楼上月明三五，琐窗③中。

【注　释】

①海燕：燕子。古以燕子从海上来，故称。
②萱草：又写成"蕿草"或"谖草"。
③琐窗：镂有花纹之窗。

译　文

燕子欲飞时，尖尖小嘴梳羽绒。庭中萱草绿如春水，满树杏花胭脂红。欲走进春的画卷，却又隔着帘栊。

两鬟戴金佩玉，似金霞飞虹，人如一枝春花，春情正浓。那高挂楼头的团圆月呀，又透过窗格，洒下一片相思情浓。

〔赏析〕

此词刻画了一个新妆初罢少女的形象，抒写主人公心底思恋的难言之苦。上片开头用海燕初飞兴起少女新妆，接着刻画少女上妆时的美好环境，烘托少女开朗而欢快的情绪；下片写妆后的少女形象，过片突出妆饰的艳丽，最后将少女置于月圆之夜，透露出凄清之感。全词只写明月、琐窗，而不直写少女的伤春、惆怅，显得深婉含蓄，表现出一种耐人寻味的意蕴美。

梅 花

【唐】崔道融

数萼①初含雪，孤标②画本难。

香中别有韵，清极不知寒。

横笛和愁听，斜枝倚病看。

朔③风如解意，容易莫摧残。

【注 释】

①萼（è）：花萼，萼片的总称。由若干萼片组成，一般呈绿色，保护花芽。雪：指白色梅花。

②孤标：独立的标识，形容清峻突出，不同一般。

③朔（shuò）：北方。

作者名片

崔道融（？—907），荆州（今湖北江陵）人，唐代诗人，自号东瓯散人。擅长作诗，与司空图、方干结为诗友。存诗80首，皆为绝句。

译 文

梅花初放，花萼中还含着白雪；梅花美丽孤傲，即使要入画，都会担心难画得传神。花香中别有韵致，清雅得都不知道冬的寒冷。心中愁苦之人不愿听那哀怨的笛声，病躯倚着梅枝独看这风景。北风如果理解我怜悔之意，就请不要轻易地摧残它。

[赏析]

这首诗前四句描写了几枝梅花初绽乍放，虽有孤高绝俗的神韵，但却不能淋漓尽致地表现于画中。它们素雅高洁，不畏寒霜，淡淡的香气中蕴含着铮铮气韵；后四句重在抒情，诗人病躯独倚，在一片寒香混着笛声的景象中，动了恻之心，向北风传达自己的怜惜之意。全诗描写极富神韵，写尽梅花本来丰骨面目；又化人入花，情深意切。

采莲子·船动湖光滟滟秋

【唐】皇甫松

船动湖光滟滟①秋,贪看年少信船流②。
无端③隔水抛莲子,遥被人知半日羞。

【注 释】

①滟滟:水面闪光的样子。
②年少:指少年男子。信船流:任船随波逐流。
③无端:无故,没来由。

作者名片

皇甫松,生卒年不详,字子奇,自号檀栾子,睦州新安(今浙江淳安)人。他是工部侍郎皇甫湜之子,宰相牛僧孺之外甥。《新唐书·艺文志》著录皇甫松《醉乡日月》3卷。其词今存20余首,见于《花间集》《唐五代词》。事迹见《历代诗余》。今有王国维辑《檀栾子词》一卷。

译 文

湖光秋色,景色宜人,姑娘荡着小船来采莲。她听凭小船随波漂流,原来是为了看到岸上的美少年。

姑娘没来由地抓起一把莲子,向那少年抛掷过去。猛然觉得被人远远地看到了,她因此害羞了半天。

赏析

这首清新隽永的《采莲子》,为读者描绘了一幅江南水乡的风物人情画,富有民歌风味。此词人物刻画生动形象,风格清新爽朗,音调和谐,和声作用精妙,既有文人诗歌含蓄委婉、细腻华美的特点,又有民歌里那种大胆直率的朴实风格,自然天成,别有情趣,颇见作者纯圆浑熟的艺术造诣。

新 沙①

【唐】 陆龟蒙

渤澥②声中涨小堤，
官家③知后海鸥知。
蓬莱④有路教人到，
应亦年年税紫芝⑤。

【注 释】

①新沙：指海边新涨成的沙洲。
②渤澥(xiè)：渤海的别称，一本直作"渤海"。另说渤澥为拟声词，海潮声。也有将其解为海的别支。
③官家：旧指官府，朝廷。
④蓬莱：传说中的海上三座神山之一。
⑤紫芝：神话中的仙草，紫色灵芝。

作者名片

陆龟蒙（？—约881），字鲁望，自号天随子、江湖散人、甫里先生，长洲（今江苏苏州）人，唐代诗人、农学家。与皮日休齐名，人称"皮陆"，实逊于皮。其诗求博奥险怪，七绝较爽利。写景咏物为多，亦有愤慨世事、忧念生民之作。文胜于诗，《四舍赋》《登高文》等均忧时愤世之作。小品文写闲情别致，自成一家。主要收在《笠泽丛书》中，现实针对性强，议论也颇精切。著有《耒耜经》《吴兴实录》《小名录》等，收入《唐甫里先生文集》。

译 文

渤海随着经年的潮涨潮落，终于堆起了一处小小的沙洲。官府知道后海鸥才知道。如果蓬莱仙岛能有路可通的话，那么官家也会年年去向神仙们征收紫芝税。

〔赏析〕

此诗反映的是当时尖锐的社会政治问题：封建官府对农民敲骨吸髓的赋税剥削。全诗笔锋犀利，想象丰富，运用高度的夸张，尖锐的讽刺，近乎开玩笑的幽默语言来揭示现实，具有强烈的讽刺意义。

奉和袭美抱疾杜门见寄次韵

【唐】陆龟蒙

虽失春城醉上期^①，下帷裁遍未裁诗^②。

因吟郢岸百亩蕙^③，欲采商崖三秀芝^④。

栖野鹤笼宽使织^⑤，施山僧饭别教炊^⑥。

但医沈约^⑦重瞳健，不怕江花不满枝^⑧。

【注 释】

①春城：春城一般指昆明。昆明，别称春城。本诗中未透露具体指代地点，或"春城"也可理解为"春日某城"，泛指春色。醉上：此处指"游玩饮酒赋诗"。期：约定。

②下帷：放下室内悬挂的帷幕，指教书。裁诗：作诗。裁遍：裁，裁剪，此处指书籍校正。"裁遍"即"遍裁"，喻指用心教书育人。

③因：趁机，此处为趁此机会。吟：沉吟，此处指教导学生。郢岸：郢，指旧时楚国都城。岸，指岸边。此处用"郢岸"代指各地学生。百亩蕙：《楚辞·离骚》："余既滋兰之九畹兮，又树蕙之百亩。"比喻培养人才。

④商崖：与上句"郢岸"相对。商：指商国。崖，指山崖，这里泛指山崖。三秀芝：与上句"百亩蕙"相对，灵芝野菜，泛指山上的野菜。商被灭后，伯夷和叔齐采薇而食，以此显示高洁，也喻指坚贞。

⑤栖野：指栖息在野外，喻指自己虽有鹤之才华，却未在朝为官。鹤笼：指关着鹤的笼子。本处用"笼"喻指身不由己的某些束缚，或指官场上的某些束缚。宽使织：即"使织宽"，意为能使笼子织的更宽阔。诗人未在官场，故自喻为"栖野之鹤"，因此能把束缚自己的笼子织得更广阔。实指自己未在朝为官，因此不受某些束缚，能自由自在。

⑥施山僧饭：布施山野僧人的饭菜。僧人吃斋饭，没有肉食。以此喻指自己生活清贫、朴素。与上文的"欲采商崖三秀芝"相承应。别教炊：别，指特别的，别样的；教炊，煮食的方法。此处指不一样的或特别的煮食方式，使斋饭也能吃得可口留香。

⑦但医：期待医治好。沈约：商朝诗人，史载其眼中有两个瞳孔，这里以沈约代指皮日休。

⑧不怕：不用担心、害怕，此处指不忧虑、不忧愁。江花：指江岸边美丽的花草。江花也喻指人才，与上文的"郢岸"相承应。满枝：开满枝头，也喻指人才济济。

【译 文】

虽然我和您失去了相约一起去春城游玩饮酒赋诗的时间，但我也是一直在家教书讲授，没有写什么诗。我趁此机会培育优秀学生，但也期待能和你一起采摘野菜而食。我如一只闲云野鹤般无拘无束，即使素野斋食也有别样的方式，别样的清香。希望你早一天能眼疾康复，再一起相约游玩痛饮，看江花满枝，人才济济。

〔赏析〕

从本诗标题来看，是诗人酬和好友皮日休在病中寄给诗人的诗，诗人借用好友的诗韵，以此诗相答。诗歌的首句表达了诗人因不能与友人相聚，一起赋诗饮酒，欣赏春色而深感遗憾。第二句则写出自己一直在教书育人，没有和人一起赋诗。言外之意是，因为你不在，所以我只能教书而不想写诗，要写诗也得和你一起啊。诗歌的第三句借用《楚辞》之句，写自己正好趁此机会培育优秀学子，言外之意，其实我也并未闲着，我正在努力地教书，培育人才。诗歌第四句借用"伯夷和叔齐采薇"委婉地表达自己生活朴素，却清高坚贞自守，言外之意是希望好友不用担心自己，即使吃着野菜，我也坚定不移。诗歌第五句写自己如野鹤一般，不受约束，言外之意是自己现在没有在官场，也并不会期待投身官场。诗歌第六句写诗人虽然吃着朴素的饭菜，但心安理得，非常惬意。言外之意是虽然贫穷，有才难现，即使生活朴素，但我内心宽阔，没有束缚。诗歌第七句，诗人期待友人的眼疾能尽快好起来，言外之意是我很担心你，希望你一定要战胜病患。诗歌第八句写诗人对未来的美好的展望，用"不怕"二字表达对好友的信心，等你好了之后，我们再一起相约。言外之意是，你要快快好起来，我们再相约痛饮，看江花满枝，看后生成才，我们还有好多美好的事情没有完成呢。

未展芭蕉

【唐】钱珝

冷烛无烟绿蜡干①，
芳心犹卷怯春寒。
一缄书札②藏何事，
会被东风暗拆看。

【注　释】

①冷烛无烟绿蜡干：绿蜡形容芭蕉的
　心，叶子卷卷地未曾展开，像绿色的
　蜡烛一样，但是不能点，不生烟。
②缄（jiān）：量词。用于信件等装封套
　之物。书札：即书信。

作者名片

　　钱珝，生卒年不详，字瑞文，吴兴（今浙江湖州市吴兴区）人，太子宾客钱方义之子，吏部尚书钱徽之孙，善文辞。钱珝著有《舟中录》20卷，已佚。著有组诗《江行无题》共一百首。《红楼梦》第十八回曾提到他的《未展芭蕉》诗。《全唐诗》收录他的诗一卷。

译　文

　　含苞待放的芭蕉色泽光润，仿佛翠脂凝成的蜡烛一般，却没有蜡烛的烟尘，超凡脱俗，清爽宜人。春寒料峭的时候，芭蕉还未开放。芳心犹卷的芭蕉有如一卷书札，真不知她内心蕴藏了多少心事。风儿会捷足先登知道芭蕉满腹的心思。

〔赏析〕

　　此诗细致地描绘了一幅生动的芭蕉画面，并联想到了含情不展的少女的感情与气质，创造了一个别具新意的艺术形象。全诗含蓄凝练，想象丰富，色彩鲜润宜人，情思沁人心脾，韵味悠长，颇具艺术美感。

摊破浣溪沙·手卷真珠上玉钩

【五代】李璟

手卷真珠上玉钩①，依前春恨锁重楼②。风里落花谁是主？思悠悠③。

青鸟不传云外信④，丁香空结⑤雨中愁。回首绿波三楚暮，接天流。

【注　释】

①真珠：以珍珠编织之帘。或为帘之美称。玉钩：帘钩之美称。
②依前：依然，依旧。春恨：犹春愁，春怨。锁：这里形容春恨笼罩。
③悠悠：形容忧思不尽。
④青鸟：传说曾为西王母传递消息给汉武帝，这里指带信的人。云外：指遥远的地方。
⑤丁香结：丁香的花蕾。此处诗人用以象征愁心。

作者名片

李璟（916—961），初名徐景通、徐瑶，字伯玉，徐州彭城县（今江苏徐州）人，生于升州（今江苏南京），唐烈祖李昇长子，南唐第二位皇帝，于943年嗣位。后因受到后周威胁，削去帝号，改称国主，史称南唐中主。李璟好读书，多才艺。常与宠臣韩熙载、冯延巳等饮宴赋诗。他的词感情真挚，风格清新，语言不事雕琢，"小楼吹彻玉笙寒"是流芳千古的名句。

译　文

卷起珍珠编织的帘，挂上帘钩，在高楼上远望的我和从前一样，愁绪依然深锁。随风飘荡的落花谁才是它的主人呢？这使我忧思不尽。

信使不曾捎来远方行人的音讯，雨中的丁香花让我想起凝结的忧愁。我回头眺望暮色里的三峡，看江水从天而降，浩荡奔流。

〔赏析〕

这是一首伤春词、春恨词。此词借抒写男女之间的恨恨来表达作者的愁恨与感慨。上片写重楼春恨，落花无主；下片进一层写愁肠百结，固不可解。有人认为这首词非一般的对景抒情之作，可能是在南唐受后周严重威胁的情况下，李璟借小词寄托其彷徨无措的心情。全词语言雅洁，感慨深沉。

挽辞二首

【五代】李煜

珠碎①眼前珍，花凋②世外春。

未销心里恨，又失掌中身③。

玉笥④犹残药，香奁已染尘。

前哀将后感⑤，无泪可沾巾。

艳质同芳树⑥，浮危道略同。

正悲春落实，又苦雨伤丛⑦。

秾丽今何在，飘零事已空。

沉沉无问处，千载谢东风。

【注释】

①珠碎：比喻儿子夭折。
②花凋：指昭惠后之死。

③掌中身：这里指大周后娥皇。娥皇善歌舞，通音律，故以"掌中身"喻之，意谓体态轻盈，可在手掌上舞蹈。

④玉笥（sì）：华美的盛衣食之竹箱。笥，盛衣物或饭食等的方形竹器。

⑤前哀：指李煜次子早夭。将：连词，与，共。后感：指大周后新卒。

⑥艳质：艳美的资质。古时常用来指代美人，这里指大周后。芳树：泛指嘉木。这里指代李煜次子仲宣。

⑦雨伤丛：喻昭惠后早逝。丛，花丛。

作者名片

李煜（937—978），徐州彭城县（今江苏徐州）人，生于江宁府（今江苏南京），原名从嘉，字重光，号钟山隐士、钟锋隐者、白莲居士、莲峰居士，唐元宗李璟第六子，南唐末代君主。李煜精书法、工绘画、通音律，诗文均有一定造诣，尤以词的成就最高。李煜的词，继承了晚唐以来温庭筠、韦庄等花间派词人的传统，又受李璟、冯延巳等的影响，语言明快、形象生动、用情真挚，风格鲜明，亡国后其词作更是题材广阔，含意深沉，在晚唐五代词中别树一帜，对后世词坛影响深远。

译 文

爱子早逝恰如珍珠破碎，爱子的身影还在眼前缭绕着；花儿般美丽的妻子也萎逝了，春天也随着她从人间消失。失去爱子的伤痛还远远没有平复，娇妻又失去了，真是祸不单行啊。回首室内，爱子用过的药罐里还残存着中药，娇妻用过的梳妆匣上已经蒙上淡淡的灰尘，睹物思人，我真是不胜伤感啊。在这沉重的双重打击下，我已经欲哭无泪了。

明艳动人的佳人和自然界美丽的树一样会死去啊，人生的痛苦也和自然界的伤悲一样啊。而我刚刚因失去爱子而伤心，又因失去娇妻而伤心，自然界尚有花开花落，我心中的痛楚超过凄风苦雨的春天啊。无论生前有多少欢乐，如今都已经飘零成空无可追回了。生命的疑问无处问解，每逢春天会重新痛苦，我只希望千年万年不要遇到春天了。

赏析

　　第一首重在写诗人遭遇死亡的生者悲痛，前两联痛述丧子亡妻的接连打击，颈联写旧物仍在而人已永逝，尾联写悲哀过度后的麻木。第二首则着重抒写诗人独自存活的生命哀伤，首联写妻子正当盛年而撒手人寰和儿子正在成长而早年夭折，颔联写丧子继以亡妻之间的时间间隔之短，颈联写关于生命的所有疑问都无问处且无可问，尾联写诗人因怕春风引起哀思而愿春风不要再来。第二首诗情辞诚挚沉痛，极写诗人的失子之悲与丧妻之痛，将诗人忧思无尽的苦情表达得穷哀至恸，令人倍感悲戚。

长相思·云一绹

【五代】李煜

　　云一绹①，玉一梭②，淡淡衫儿薄薄罗③。轻颦双黛螺④。

　　秋风多，雨相和⑤，帘外芭蕉三两窠。夜长人奈何！

【注　释】

①云：指妇女蓬卷如云的头发。一绹（wō）：即一束。一说绹，读为 guā，意为青紫色的绶带（丝带）。这里指饰发用的紫青色丝带。

②玉：这里指插在女子头上的玉簪。梭：萧本二主词中误作"梳"。梭，原是织布用的梭子，这里用以比喻玉簪。

③淡淡：指衣裳的颜色轻淡。衫儿：古代女子穿的短袖上衣，又称衫子或半衣。薄薄：指衣裳的质料轻薄。罗：丝罗，这里指用丝罗制成的裙子（下裳），即罗裙。

④颦（pín）：皱眉。黛：古代妇女用来画眉的青黑色颜料。黛螺：《龙洲集》中作"翠娥"。黛螺，又名黛子螺。古代女子画眉用的螺形黛黑，亦称螺黛。因其用来画眉，所以常用以作妇女眉毛的代称。

⑤相和：指雨声和风声，相互应和，交织一起。

译 文

一束盘起的发髻，一根玉簪插在其上，清淡颜色的上衣配上轻盈的罗裙，不知为何轻轻皱起眉头。

独自站在窗边，风声和雨声交杂在一起，窗外的芭蕉也是三三两两的，这漫漫的寂寥长夜叫人怎么办才好。

赏析

芭蕉的茎煎服能解热，假茎、叶利尿（治水肿、肛胀），花干燥后煎服治脑出血，根与生姜、甘草一起煎服，可治淋症及消渴症，根治感冒、胃痛及腹痛。

此词写女子秋雨长夜中的相思情意，分两片，上下片各十八字，上片刻画女子的形貌情态，下片续写秋夜的环境和女子的心情。

渔家傲·五月榴花妖艳烘

【宋】欧阳修

五月榴花妖艳①烘，绿杨带雨垂垂重。五色新丝缠角粽，金盘送，生绡②画扇盘双凤。

正是浴兰③时节动，菖蒲④酒美清尊共。叶里黄鹂时一弄，犹瞢忪⑤，等闲惊破⑥纱窗梦。

【注　释】

①妖艳：红艳似火。

②生绡（xiāo）：未漂煮过的丝织品。古时多用以作画，因亦以指画卷。

③浴兰：以兰汤沐浴，即用香草水洗澡。古人认为兰草能避不祥，故以兰汤洁斋祭祀。

④菖（chāng）蒲（pú）：一种水生植物，可以泡酒。

⑤謩（méng）忪（sōng）：睡眼惺忪之貌。

⑥惊破：打破。

作者名片

　　欧阳修（1007—1072），字永叔，号醉翁，晚号"六一居士"。吉州永丰（今江西永丰）人，因吉州原属庐陵郡，以"庐陵欧阳修"自居，北宋政治家、文学家、史学家。谥号"文忠"，故世称欧阳文忠公。欧阳修与韩愈、柳宗元、王安石、苏洵、苏轼、苏辙、曾巩合称"唐宋八大家"。后人又将其与韩愈、柳宗元和苏轼合称"千古文章四大家"。他曾主修《新唐书》，并独撰《新五代史》，有《欧阳文忠集》传世。

译　文

　　五月是石榴花开的季节，杨柳被细雨润湿，枝叶低低沉沉地垂着。人们用五彩的丝线包扎多角形的粽子，煮熟了盛进镀金的盘子里，送给闺中女子。

　　这一天正是端午，人们沐浴更衣，想祛除身上的污垢和秽气，举杯饮下雄黄酒以驱邪避害。不时地，窗外树丛中黄鹂鸟儿的鸣唱声，打破闺中的宁静，打破了那纱窗后手持双凤绢扇的睡眼惺忪的女子的美梦。

〔赏析〕

　　上片写端午节的风俗。用"榴花""杨柳""角粽"等端午节的标志性景象，表明了人们在端午节当天的喜悦之情。下片写端午节人们的沐浴更衣，饮下雄黄酒驱邪的风俗。后面紧接着抒情，抒发了一种离愁别绪的情思。

欧阳修这首词中写的闺中女子，给读者留下了想象的空间：享用粽子后，未出阁的姑娘，在家休息，梦醒后想出外踏青而去，抒发了闺中女子的情思。

河满子·湖州作寄益守冯当世①

【宋】苏轼

见说岷峨凄怆②，旋闻江汉澄清③。但觉秋来归梦好，西南自有长城。东府三人最少④，西山八国初平⑤。

莫负花溪纵赏，何妨药市微行⑥。试问当垆人在否，空教是处闻名。唱著子渊新曲⑦，应须分外含情。

【注　释】

①益守：益州（治今四川成都）太守。益州为古地名，宋时称成都府。词题"益守"，通行诸本作"南守"，今从南宋傅斡《注坡词》。冯当世：冯京，字当世，江夏（今武汉武昌）人。皇祐初进士及第，官至参知政事。

②见说：听说。岷峨（mín é）凄怆（chuàng）：宋神宗熙宁九年（1076）三月，官府因筑茂州（治今四川茂汶羌族自治县）城引起与羌人的大规模武装冲突，宋军将士死伤甚众，随后大量羌人也惨遭杀戮。岷峨，岷山、峨眉山，均在今四川省。凄怆，凄惨悲伤。

③旋：随即。江汉澄清：指当时新任成都知府冯当世对羌人实行招抚政策，因而边乱不久即告平息。江汉，长江、汉水，这里偏指长江，它流经四川省。

④东府：宋代宰相及中书所居称东府，与枢密院（西府）分掌文武大权。冯当世自熙宁三年至七年担任参知政事，当住东府。三人最少：与冯当世同时担任参知政事的韩绛、王珪等人中，冯氏最为年轻。

⑤"西山"句：典出《新唐书·韦皋传》：韦皋"为剑南西川节度使，蛮部震服。于是西山羌女、诃陵、南水、白狗、逋租、弱水、清远、咄霸八国酋长，皆因皋请入朝"。这里借指冯当世安抚羌人，平息边乱。

⑥花溪：即浣花溪。在成都市西郊，溪畔有杜甫草堂故居，是宋代游赏盛集的地方。纵赏：尽情游赏。药市：宋时成都每年七月至九月有药市，药物丰富，远近药商、游人很多。

⑦子渊新曲：《汉书·王褒传》载，益州刺史王襄听说王褒是俊才，使他作《中和》《乐职》《宣布》等颂诗，选入依照《小雅·鹿鸣》的乐曲练习并歌唱。后来汉宣帝召见王褒，曾令其"为圣主得贤臣颂其意"。又侍从太子，太子喜欢王褒所作《甘泉赋》及《洞箫赋》，令后官贵人皆诵读之。子渊：王褒，字子渊，四川人，汉代文学家。

作者名片

苏轼（1037—1101），字子瞻、和仲，号铁冠道人、东坡居士，世称苏东坡、苏仙，眉州眉山（四川眉山）人，祖籍河北栾城，北宋著名文学家、书法家、画家，历史治水名人。苏轼是北宋中期文坛领袖，在诗、词、散文、书、画等方面取得很高成就。文纵横恣肆；诗题材广阔，清新豪健，善用夸张比喻，独具风格，与黄庭坚并称"苏黄"；词开豪放一派，与辛弃疾同是豪放派代表，并称"苏辛"；散文著述宏富，豪放自如，与欧阳修并称"欧苏"，为"唐宋八大家"之一。苏轼善书，"宋四家"之一；擅长文人画，尤擅墨竹、怪石、枯木等。

译 文

听人说平乱前的岷峨两山，山色惨淡，风物凄凉；而今传闻平乱后的长江，江水澄碧，风清月朗。我就觉得秋风送爽，正好圆梦好还乡。幸亏你在西南布防，筑起长城坚如铁壁铜墙。虽说当年的政事堂，参知政事的不过三人，而今西南蛮荒地区，平叛后已是一片和平景象。

切莫辜负花溪好风景，你尽可以游赏寄兴；成都的药市买卖好兴隆，何妨逛逛药市，微服出行。探问一下昔日当垆的卓文君，而今还在吗？有了你的游赏，那里的名胜才不至于虚有其名。我想，唱着王褒所作的赞美新曲，你心中该别有一番喜庆与豪情。

赏析

　　此词为《东坡乐府》中唯一的一首言事词，全词既抒发了作者个人的情思，又穿插历史感慨，意境颇高，读来有大气磅礴之感。在写作手法上，这首词述事、用典较多，写得较为平实，又多排偶句，但由于作者以诗为词，以诸多虚词斡旋其间，又多用于句首，两两呼应，读来颇觉流利，使全词气机不滞。

浣溪沙·荷花

【宋】苏轼

　　四面垂杨十里荷，问云何处最花多①？画楼南畔夕阳和。天气乍凉人寂寞，光阴须得酒消磨②。且来花里听笙歌③。

【注　释】

①问云句：袭用韩愈《奉酬卢给事云夫四兄〈曲江荷花行〉》诗"问言何处芙蓉多"句。下句"画楼南畔"是"何处"的回答。

②光阴句：承上句"人寂寞"，因寂寞无聊，所以要用酒消遣日子。有唐人郑谷《样潼岁暮》诗"美酒消磨日"、欧阳修《退居述怀寄北京韩侍中》诗"万事消磨酒百分"。消磨：消遣，排遣。

③笙（shēng）歌：合笙之歌。

译　文

　　四面垂柳围绕着十里香荷。请问哪里莲花最多？画楼南畔，夕阳西落。

天气乍一变凉，给人们带来了秋的寂寞。萧索的光阴，需用美酒打发、消磨。暂且来此花丛，细听吹笙唱歌。

[赏析]

　　此词作细致地描绘了词人面对颍州西湖的盛开荷花所引起的仕宦寂寞感受。全词大起大落，心物交融，强烈反差，寄慨遥深。本欲在淡泊利禄中使自己的心理获得平衡，然而实际上却是"剪不断、理还乱"，使自己陷入愈加难以解脱的矛盾苦闷之中。

和子由四首·送春

【宋】苏轼

梦里青春可得追？欲将诗句绊余晖。

酒阑病客①惟思睡，蜜熟②黄蜂亦懒飞。

芍药樱桃俱扫地③，鬓丝禅榻两忘机④。

凭君借取法界观⑤，一洗人间万事非。

【注　释】

①病客：作者自指。
②蜜熟：指花蜜已熟。
③扫地：指花谢了。
④忘机：没有机心，言心无得失，无纷扰。
⑤法界观：是佛教华严宗的一部重要著作的简称，本名《修大方广佛华严法界观门》，唐代杜顺述，宗密注。

译文

梦中逝去的春光还能追回来吗？我想用作诗吟句留住夕阳的光辉。饮酒将罢我只想去睡觉，花蜜已经熟了，黄蜂却懒得去采。芍药花和樱桃花都已凋谢了，我已经心无得失，不把生死荣辱放在心上。我向你借《法界观》这本书，用其中的圆融无碍之说洗却人间一切烦恼。

赏析

这首诗表达了作者对于春事的感伤，对于宦海的沉浮，不执着于一时、心灰意懒的感伤。诗写得含蓄有味，别有深情。原唱的首联是惜春，和诗的首联却语意双关，既可说是惜春，又可说是伤时，感伤整个"青春"的虚度，内涵丰富得多。颔联紧承首联，进一步写自己的心灰意懒。前句直赋其心灰意懒之情，以"惟"字加强语气；后句用一"亦"字，以黄蜂之懒比己之懒。颈联是化用杜牧《题禅院》"今日鬓丝禅榻畔，茶烟轻飏落花风"句意，出句写景，遥接首句的伤春，"俱扫尽"的"俱"字说明春色已荡然无存；对句抒情，是"酒阑"句的进一步发挥，说自己淡泊宁静，泯除机心，不把老病放在心上。尾联进一步抒情，作者想要借《法界观》里的"圆融无碍之说"洗刷世间之烦恼。

浣溪沙·软草平莎过雨新

【宋】苏轼

软草平莎①过雨新，轻沙走马路无尘。何时收拾耦耕②身？

日暖桑麻光似泼③，风来蒿艾④气如薰⑤。使君元是此中人。

【注释】

①莎：莎草，多年生草木，长于原野沙地。
②耦耕：两人各持一耜（sì，古时农具）并肩而耕。
③泼：泼水。形容雨后的桑麻，在日照下光泽明亮，犹如水泼其上。
④蒿（hāo）艾（ài）：两种草名。
⑤薰：香草名。

译 文

　　柔软的青草和长得齐刷刷的莎草经过雨洗后，显得碧绿清新；在雨后薄薄的沙土路上骑马不会扬起灰尘。不知何时才能抽身归田呢？

　　春日的照耀之下，田野中的桑麻欣欣向荣，闪烁着犹如被水泼过一样的光辉；一阵暖风挟带着蒿、艾草的熏香扑鼻而来，沁人心肺。我虽身为使君，却不忘自己实是农夫出身。

〔赏析〕

　　此词是作者徐州谢雨词的最后一首，写词人巡视归来时的感想。词中表现了词人热爱农村、关心民生、与老百姓休戚与共的作风。作为以乡村生活为题材的作品，这首词之风朴实，格调清新，完全突破了"词为艳科"的藩篱，为有宋一代词风的变化和乡村词的发展做出了贡献。

　　上片首二句写作者于道中所见之景，接着触景生情，自然生出他希冀归耕田园的愿望；下片首二句写作者所见田园之景，又自然触景生情，照应"何时收拾耦耕身"而想到自己"元是此中人"。这样写不仅使全词情景交融，浑然一体，而且使词情逐层深化升华。特别"软草平莎过雨新"二句和"日暖桑麻光似泼"二句更是出神入化，有含蓄隽永之妙。

西江月·梅花

【宋】苏轼

玉骨那愁瘴雾①，冰姿自有仙风②。海仙时遣探芳丛。倒挂绿毛么凤③。

素面翻嫌粉浼④，洗妆不褪唇红⑤。高情⑥已逐晓云空。不与梨花同梦。

【注　释】

①玉骨：梅花枝干的美称。瘴雾：犹瘴气。南方山林中的湿热之气。
②冰姿：淡雅的姿态。仙风：神仙的风致。
③绿毛么凤：岭南的一种珍禽，似鹦鹉。
④浼（wò）：沾污，弄脏。
⑤唇红：喻红色的梅花。
⑥高情：高隐超然物外之情。

译　文

梅花生长在瘴疠之乡，却不怕瘴气的侵袭，是因它有冰雪般的肌体、神仙般的风致。海仙经常派遣使者来到花丛中探望，这个使者，原来是倒挂在树上的绿毛小鸟。

它的素色面容不屑于用铅粉来妆饰，即使梅花谢了，而梅叶仍有红色。爱梅的高尚情操已随着晓云而成空无，已不再梦见梅花，不像王昌龄梦见梅花云那样做同一类的梦了。

赏析

这是宋代文学家苏轼被贬岭南惠州时所作的一首词。此词当为悼念随作者贬谪惠州的侍妾朝云而作，词中所写岭外梅花玉骨冰姿，素面唇红，高情逐云，不与梨花同梦，自有一种风情幽致。上片通过赞扬岭南梅花的高风亮节来歌赞朝云不惧"瘴雾"而与词人一道来到岭南瘴疠之地；下片通过赞美梅花的艳丽多姿来写朝云天生丽质，进而感谢朝云对自己纯真高尚的感情一往而深，互为知己的情谊，并点明悼亡之旨。全词咏梅，又怀人，立意脱俗，境象朦胧虚幻，寓意扑朔迷离。格调哀婉，情韵悠长，为苏轼婉约词中的佳作。

莲

【宋】苏轼

城中担上买莲房，未抵①西湖泛野航。
旋②折荷花剥莲子，露为风味月为香。

译　文

城中有人挑着担子在街上卖莲蓬，于是我们未去西湖泛舟郊游玩赏。莲农随即攀折担中的荷花，剥出蓬内莲子，那莲子有着露水的风味，月色的清香。

〔赏析〕

这首小诗表达了诗人对莲子的喜爱之情，反映了诗人不以官场失意为意的恬淡闲适的心情。诗的开头两句叙事，交代了"卖莲房"一事强烈地吸引了诗人，诗人连泛舟游西湖的打算都放弃了。在这平实的叙事中，透露出诗人对莲子的喜爱之情。"旋折荷花剥莲子"既写出了卖莲子者动作的迅速敏捷，也写出了诗人求购莲子的心情急切。"露为风味月为香"一句用了通感的修辞手法，用"露"和"月"来形容莲子的风味和香气，似乎不合情理，但这种形容却给读者留下无限的想象空间和无穷的回味。

水调歌头·游览

【宋】黄庭坚

瑶草①一何碧，春入武陵溪②。溪上桃花无数，枝③上有黄鹂。我欲穿花寻路，直入白云深处，浩气展虹霓。只恐花深里，红露湿人衣。

坐玉石，倚④玉枕，拂金徽⑤。谪仙何处？无人伴我白螺杯⑥。我为灵芝仙草⑦，不为朱唇丹脸，长啸亦何为？醉舞下山去，明月逐人归。

【注 释】

①瑶草：仙草。
②武陵溪：指代幽美清净、远离尘嚣的地方。武陵：郡名，大致相当于今湖南常德。桃源的典故在后代诗词中又常和刘晨、阮肇入天台山遇仙女的传说混杂在一起。
③枝：一作"花"。
④倚：依。一作"欹"。
⑤金徽：金饰的琴徽，用来定琴声高下之节。这里指琴。
⑥螺杯：用白色螺壳雕制而成的酒杯。
⑦灵芝：菌类植物。古人以为灵芝有驻颜不老及起死回生之功，故称仙草。

【作者名片】

　　黄庭坚（1045—1105），字鲁直，号山谷道人、涪翁，洪州分宁（今江西修水）人，北宋著名文学家、书法家、江西诗派开山之祖。早年以诗文受知于苏轼，与张耒、晁补之、秦观并称"苏门四学士"。与苏轼齐名，世称"苏黄"。诗以杜甫为宗，有"夺胎换骨""点铁成金"之论，风格奇硬拗涩，开创江西诗派，在宋代影响颇大。又能词。兼擅行书、草书，为"宋四家"之一。

译　文

　　瑶草多么碧绿，春天来到了武陵溪。溪水上有无数桃花，花的上面有黄鹂。我想要穿过花丛寻找出路，却走到了白云的深处，彩虹之巅展现浩气。只怕花深处，露水湿了衣服。

　　坐着玉石，靠着玉枕，拿着金徽。被贬谪的仙人在哪里，没有人陪我用田螺杯喝酒。我为了寻找灵芝仙草，不为表面繁华，长叹为了什么。喝醉了手舞足蹈地下山，明月一路伴随着我。

〔赏析〕

　　此词为春行纪游之作，词人采用幻想的镜头，描写神游"桃花源"的情景，反映了他出世、入世交相冲撞的人生观，表现了他对污浊的现实社会的不满以及不愿媚世求荣、与世同流合污的品德。据此看来，此词大约写于词人被贬谪时期。这首词中的主人公形象，高华超逸而又不落尘俗，似非食人间烟火者。词人以静穆平和、俯仰自得而又颇具仙风道骨的风格，把自然界的溪山描写得无一点尘俗气，其实是要在想象世界中构筑一个自得其乐的世外境界，自己陶醉、流连于其中，并以此与充满权诈机心的现实社会抗争，忘却尘世的纷纷扰扰。

王充道①送水仙花五十支

【宋】黄庭坚

凌波仙子生尘袜，水上轻盈步微月。

是谁招此断肠魂②，种作寒花寄愁绝。

含香体素③欲倾城，山矾④是弟梅是兄。

坐对真成被花恼⑤，出门一笑大江横。

【注 释】

①王充道：作者的友人，当时在荆州做官。

②断肠魂：悲伤的灵魂。

③体素：指质地素洁，形容水仙花很素雅。

④山矾：本名郑花，春天开小白花，极香，叶可以染黄，黄庭坚因其名太俗，改为山矾。

⑤真成：真个是。恼：撩拨。

译 文

　　凌波仙子尘土沾上罗袜，在水上轻盈地踏着微月。是谁招引来着断肠的惊魂，种成了寒花寄愁绝。形体素洁、蕴含芳香欲倾城，山矾是她的弟弟梅是兄。我独坐相对真是个被花恼，出门一笑但见大江横。

赏析

　　此诗咏水仙，首联由水仙联想到凌波仙子；颔联写仙子化花；颈联写水仙娇柔的芳姿，品类高雅清洁；尾联表现睹花思人，归结到从沉溺感情中求得解脱的要求。全诗前六句写出了水仙花出尘脱俗的仙姿、洁白素雅的花色、淡雅的清香和俊逸高雅的神韵，后两句来个陡峭的转折，在强烈的反差中体现出参差变幻之美，进而表现了作者的精神追求。

定风波·山路风来草木香

【宋】辛弃疾

药名招婺源马荀仲游雨岩①。马善医。

山路风来草木香。雨余凉意到胡床②。泉石膏肓吾已甚，多病，提防风月费篇章。

孤负③寻常山简醉，独自，故应知子草玄忙。湖海早知身汗漫④，谁伴？只甘松竹共凄凉。

【注 释】

①马荀仲：事历未详。雨岩：博山的一处山崖，位于永丰县西二十里，离上饶极近。
②胡床：一种四脚可以交叠收起的轻便坐具。
③孤负：即辜负。
④湖海：就是所谓之江湖，也就是社会。汗漫：漫无边际，此处作可有可无讲。

作者名片

辛弃疾（1140—1207），原字坦夫，改字幼安，别号稼轩，历城（今山东济南）人，南宋官员、将领、文学家，豪放派词人，有"词中之龙"之称。与苏轼合称"苏辛"，与李清照并称"济南二安"。宋恭帝时获赠少师，谥号"忠敏"。其词艺术风格多样，以豪放为主，风格沉雄豪迈又不乏细腻柔媚之处。现存词600多首，有词集《稼轩长短句》等传世。

译 文

下雨过后，山路上轻风吹拂，被雨水洗过的草木也都发出了清香，居室内也凉快起来了。我的游览山水名胜之病已入膏肓，算是没有药可救了。虽已多病，却还甘愿去为这些风月闲情费精神。

我也知道你忙于著述，所以平常我也总是一个人寻醉，是怕打搅了你。社会上早就知道我是一个可有可无之人，除了好友如你，还有谁来伴我出游呢？如你再不来，那我只有跟松竹共凄凉了。

〔赏析〕

此词写作者邀请马荀仲同游雨岩，曲折地表达了作者怀才不遇的愤懑之情。作者把药名嵌入词中，却全不露痕迹，显示了高超的艺术水平。

满江红·钱郑衡州厚卿席上再赋①

【宋】辛弃疾

稼轩居士花下与郑使君惜别醉赋，侍者飞卿奉命书。

莫折荼蘼②，且留取、一分春色。还记得青梅如豆，共伊同摘。少日对花浑醉梦，而今醒眼看风月。恨牡丹笑我倚东风，头如雪。

榆荚③阵，菖蒲④叶。时节换，繁华歇。算怎禁风雨，怎禁鹈鴂⑤！老冉冉兮花共柳，是栖栖者⑥蜂和蝶。也不因春去有闲愁，因离别。

【注 释】

①郑厚卿：生卒年不详。查淳熙七年后至稼轩卒前，衡州守之郑姓者仅有郑如密一人，为继刘清之之后任者。衡州：在今湖南省，以衡山而得名。

②荼蘼（tú mí）：又名酴醿，夏日开花，花冠为重瓣，带黄白色，香气不足，但甚美丽，唐宋诗词多用之。

③榆荚：榆树叶前所生之荚，色白成串，有如小钱，通称榆钱。

④菖蒲：水生植物，多年生草本，有香气。相传菖蒲不易开花，开则以为吉祥。

⑤鹈鴂：这里指杜鹃。据说这种鸟鸣时，正是百花凋零时节。

⑥是栖栖者：《论语·宪问》："微生亩谓孔子曰：'丘何为是栖栖者与？无乃为佞乎？'孔子曰：'非敢为佞也，疾固也。'"是：如此，这般。栖栖：忙碌貌。

译 文

不要去折荼蘼花，权且留住一分春色。还记得青梅如豆的时节，和你一起采摘。当时对着花的情景像在梦中。而今天醒着看风月，只恨牡丹花笑我头发已经白如雪。

榆荚树林，菖蒲的叶了。随着时间的变换，繁华又凋零。怎么能经得住风雨，怎么能禁得住杜鹃的啼鸣。花和柳树都已经老了，蜜蜂和蝴蝶还忙忙碌碌。也不是因为春天逝去了而有闲愁，而是因为离别。

赏析

该词上片描写了"看花"，以"少日"的"醉梦"对比"而今"的"醒眼"，下片描写了物换星移，"花"与"柳"也都"老"了，自然不再"笑我"，无人可"恨"，全词虽是饯别词，但内容却从着意留春写到风吹雨打、留春不住，字里行间洋溢作者的似海深愁，角度新颖，构想奇特。

兰陵王·赋一丘一壑^①

【宋】辛弃疾

一丘壑。老子风流占却。茅檐上、松月桂云，脉脉石泉逗山脚。寻思前事错。恼杀晨猿夜鹤^②。终须是、邓禹^③辈人，锦绣麻霞坐黄阁。

长歌自深酌。看天阔鸢飞，渊静鱼跃。西风黄菊芗喷薄。怅日暮云合，佳人何处，纫兰结佩带杜若。入江海曾约。

遇合^④。事难托。莫击磬门前，荷蒉人^⑤过，仰天大笑冠簪落。待说与穷达^⑥，不须疑著。古来贤者，进亦乐，退亦乐。

【注　释】

①一丘一壑：一般泛指适于隐居之处。此当指带湖或瓢泉居所山水。
②晨猿夜鹤：语出《北山移文》。
③邓禹：字仲华，新野人。佐刘秀称帝，二十四岁即拜为大司徒。
④遇合：得到君主的赏识。
⑤荷蒉人：挑草筐之人。
⑥穷达：指人生路上的困顿与显达。

译　文

一山一水，有幸占断这里的山水风流。茅屋檐上，松树和桂树间都有云月相伴，山泉静静地流淌，在山脚间逗留玩耍。我不该错入仕途，徒教猿鹤愤恨。功名终须是邓禹之辈的事情，穿着色彩斑斓的锦绣坐在丞相府之上。

自己饮酒大声放歌。看天空广阔，鸢鹰翱翔，深渊宁静，鱼儿跳跃。西风中黄菊和香草的香味四处飘逸。日将暮，佳人不知道在何处，

123

令人惆怅。在入江河之前我们曾经有过约定。

君臣投合这种事难有凭托。不要效仿孔子击磬于卫，唯恐不为人知。仰天大笑冠簪脱落。说起人生中的困顿与显达，不需要怀疑迷茫。以古代的贤者为师，进退皆乐。

〔赏析〕

这首词通过对归隐之处的种种美景的描写以及作者自己生活的潇洒快乐的描写，表达了对以前入仕的悔思以及自己笑傲泉林，不以穷达为怀的精神风采。全词语言豪放，采用拟人、用典等手法，借物抒情，体现了作者旷达、淡泊的志趣。

鹧鸪天·陌上柔桑破嫩芽

【宋】辛弃疾

陌上柔桑破嫩芽，东邻蚕种已生些①。平冈②细草鸣黄犊，斜日寒林点暮鸦③。

山远近，路横斜，青旗④沽酒有人家。城中桃李愁风雨，春在溪头荠菜⑤花。

【注　释】

①些：句末语助词。

②平冈：平坦的小山坡。

③暮鸦：见王安石《题舫子》诗："爱此江边好，留连至日斜。眠分黄犊草，坐占白鸥沙。"这里檃栝其句。

④青旗：卖酒的招牌。

⑤荠菜：二年生草本植物，花白色，茎叶嫩时可以吃。具有很高的药用价值。有利尿、止血、清热、明目、消积功效。

译 文

田间小路边桑树柔软的新枝上刚刚绽放出嫩芽，东面邻居家养的蚕种已经孵出了小蚕。平坦的山冈上长满了细草，小黄牛在哞哞地叫，落日斜照春寒时节的树林，树枝间栖息着一只只乌鸦。

青山远远近近，小路纵横交错，飘扬着青布酒旗那边有一户卖酒的人家。城里的桃花李花最是害怕风雨的摧残，最明媚的春色，正是那溪边盛开的荠菜花。

〔赏析〕

这是一首歌咏江南农村美好景色的词，上片写近景，下片写远景，借景抒情，流露出作者厌弃城市繁华、热爱乡野生活的情趣。作者在熟悉农村生活的基础上，为人们描绘出一幅清新、美丽的山乡风景画，反映了他陶醉于农村优美景色的心情。这首词画面优美，情致盎然，意蕴深厚。

鹧鸪天·游鹅湖醉书酒家壁

【宋】辛弃疾

春入平原荠菜花，新耕雨后落群鸦。多情白发春无奈，晚日青帘①酒易赊。

闲意态②，细生涯③。牛栏西畔有桑麻④。青裙缟袂⑤谁家女，去趁蚕生看外家⑥。

【注 释】

①青帘：旧时酒店门口挂的幌子。多用青布制成，这里借指酒家。
②意态：神情姿态。
③生涯：生活。
④桑麻：桑树和麻。植桑饲蚕取茧和植麻取其纤维，同为古代农业解决衣着的最重要的经济活动。亦泛指农作物或农事。
⑤青裙缟袂（gǎo mèi）：青布裙、素色衣。谓贫妇的服饰。此处借指农妇，贫妇。
⑥外家：泛指母亲和妻子的娘家。

译 文

春天来临，平原之上恬静而又充满生机，白色的荠菜花开满了田野。土地刚刚耕好，又适逢春雨落下，群鸦在新翻的土地上觅食。忽然之间适才令人心情舒爽的春色不见了，愁绪染白了头发。心情沉闷无奈，只好到小酒店去饮酒解愁。

村民们神态悠闲自在，生活过得井然有序，牛栏附近的空地上也种满了桑和麻。春播即将开始，大忙季节就要到来，不知谁家的年轻女子，穿着白衣青裙，趁着大忙前的闲暇时光赶着去走娘家。

〔赏析〕

词的上阕写仲春田园的美丽风光和词人由此引发的感喟，词的下阕描绘了一幅朴实闲适的农家生活图景。词中表现了词人怀才不遇的那种无奈背后不甘闲居的进取之心。这首词主要运用了对照的艺术手法，景物描写很有特色，动静结合，人物和谐，情景相生，色彩明丽丰富，相映成趣。

乙卯①重五诗

【宋】陆游

重五山村好，榴花忽已繁。

粽包分两髻，艾束著危冠②。

旧俗方储药③，羸躯亦点丹。

日斜吾事毕，一笑向杯盘。

【注 释】

①乙卯：指 1195 年，宋宁宗庆元元年，作者 71 岁，在家乡绍兴隐居。

②危冠：高冠。这是屈原流放江南时所戴的一种帽子。

③储药：古人把五月视为恶日。

作者名片

　　陆游（1125—1210），字务观，号放翁，越州山阴（今浙江绍兴）人，尚书右丞陆佃之孙，南宋文学家、史学家、爱国诗人。陆游一生笔耕不辍，诗词文俱有很高成就。其诗语言平易晓畅、章法整饬谨严，兼具李白的雄奇奔放与杜甫的沉郁悲凉，尤以饱含爱国热情对后世影响深远。词与散文成就亦高。有手定《剑南诗稿》85 卷，收诗 9000 余首。又有《渭南文集》50 卷、《老学庵笔记》10 卷及《南唐书》等。书法遒劲奔放，存世墨迹有《苦寒帖》等。

译 文

　　端午节到了，火红的石榴花开满山村。诗人吃了两只角的粽子，高冠上插着艾蒿。又忙着储药、配药方，为的是这一年能平安无病。忙完了这些，已是太阳西斜时分，家人早把酒菜备好，他便高兴地喝起酒来。

点绛唇·采药归来

【宋】陆游

采药①归来，独寻茅店沽新酿。暮烟千嶂②。处处闻渔唱。

醉弄扁舟，不怕黏③天浪。江湖上，遮回④疏放。作个闲人样。

【注 释】

①采药：谓采集药物，亦指隐居避世。
②暮烟：亦作"墓烟"，傍晚的烟霭。嶂：高峻如屏障的山峰。
③黏：连接。
④遮回：这回，这一次。

【译 文】

采集药物回来，独自寻找村店买新酿造的酒。傍晚的烟霭云绕在高峻如屏障的山峰，听渔舟唱晚，声声在耳。

独酌新酿，不禁生起散发扁舟之意，不再怕连天波浪。放纵山水，这一回不受拘束，做一个闲散之人。

〔赏析〕

这首词取材于日常生活中的一个片段，以采药、饮酒、荡舟为线索，展示出作者多侧面的风貌。

上片写采药归来独沽酒。"采药归来，独寻茅店沽新酿。"这首词开头二句是说，采集药物回来，独自寻找村店买新酿造的酒。词人罢职归乡后，闲居山阴，治国之志难以实现，就采药治民，买醉茅店。"独寻"二字写出了罢官后的寂寞、悠闲。村店对新酿，独酌无相亲。"暮烟千嶂。处处闻渔唱。"三、四句是说，傍晚的烟霭云绕在高峻如屏障的山峰，听渔舟唱晚，声声在耳。这几句写千嶂笼烟，可见江南青山之秀润，处处渔唱，可想象江上渔舟之悠闲。加上新酒初熟，香溢茅店，声香嗅味，皆助酒兴，词人不由得颓然醉乎其间。

下片写醉后弄舟江湖间。"醉弄扁舟，不怕黏天浪。"下片前二句是说，独酌新酿，不禁生起散发扁舟之意，不再怕连天波浪。耳听渔歌而心美江上，清风白云，取之不竭，词人不禁生起散发扁舟之志，何况醉后疏阔纵放，更不怕连天波浪。"江湖上，遮回疏放。作个闲人样。"末三句是说放纵山水，这一回不受拘束，做一个闲散之人。

陆游一生以抗金救国为己任，放浪山水，做一个潇洒送日月的闲人，并非他的意愿。即使被迫闲居乡间，他也是闲不住的，采药、治病救人，力图使自己的生活变得有意义。但是词人毕竟是一个对驰骋疆场无限向往的热血男儿，他追求的是充满战斗的快意人生。放浪山水的闲情逸致，实际上是他深感英雄无用武之地、壮志难酬的悲愤心情的表现。以此不免给这首词的风格带来了洒脱中寓有抑郁的特色。

幽居初夏

【宋】 陆游

湖山胜处放翁家，槐柳阴中野径斜。

水满有时观下鹭，草深无处不鸣蛙①。

箨龙②已过头番笋，木笔③犹开第一花。

叹息老来交旧尽，睡来谁共午瓯④茶。

【注　释】

①无处：没有地方。鸣蛙：指蛙鸣，比喻俗物喧闹。

②箨龙：竹笋的异名。

③木笔：木名，又名辛夷花，是在我国有 2000 多年历史的传统花卉和中药。其花未开时，苞有毛，尖长如笔，因以名之。

④瓯（ōu）：杯子。

译　文

　　湖光山色之地是我的家，槐柳树荫下小径幽幽。湖水满溢时白鹭翩翩飞舞，湖畔草长鸣蛙处处。新茁的竹笋早已成熟，木笔花却刚刚开始绽放。当年相识不见，午时梦回茶前，谁人共话当年？

〔赏析〕

　　这首诗是陆游晚年后居山阴时所作。八句诗前六写景，后二结情；全诗紧紧围绕"幽居初夏"四字展开，四字中又着重写一个"幽"字。景是幽景，情亦幽情，但幽情中自有暗恨。

秋夜读书每以二鼓尽为节①

【宋】陆游

腐儒碌碌②叹无奇，独喜遗编不我欺③。

白发无情侵老境，青灯有味似儿时。

高梧策策④传寒意，叠鼓冬冬迫睡期⑤。

秋夜渐长饥作祟⑥，一杯山药进琼糜⑦。

【注　释】

①以二鼓尽为节：指读书读到二更天才停止。二鼓，指更鼓报过二更。

②腐儒：作者自称。碌碌：平庸，无所作为。

③遗编：遗留后世的著作，泛指古代典籍。不我欺：并不欺骗我。

④策策：拟声词，指风摇动树叶发出的响声。

⑤叠鼓：轻轻击鼓，指更鼓。冬冬：拟声词，指鼓声。迫睡期：催人睡觉。

⑥作祟：暗中捣鬼，形容夜深了还没有睡觉，肚子饿了。

⑦琼糜：像琼浆一样甘美的粥。糜，粥。

译　文

我这个迂腐的儒生，可叹一生碌碌无奇，却只爱前人留下来的著作，从不将我欺骗。白发无情地爬上头顶，渐渐地进入老年，读书的青灯却依旧像儿时那样亲切有味。高大的梧桐策策作响，传来一阵阵寒意，读书兴致正浓，忽听更鼓冬冬催人入睡。秋夜漫漫，饥肠辘辘，再也难以读下去，喝杯山药煮成的薯粥，胜过那佳肴美味。

〔赏析〕

山药，中药材名。健脾、补肺、固肾、益精。主治脾虚泄泻、久痢、虚劳咳嗽、消渴、遗精、带下、小便频数。补脾养胃，生津益肺，补肾涩精。用于脾虚食少、久泻不止、肺虚喘咳、肾虚遗精、带下、尿频、虚热消渴。麸炒山药补脾健胃。用于脾虚食少，泄泻便溏，白带过多。

首联写夜读的缘起，起笔虽平，却表现了作者济世的理想抱负。颔联写老来读书兴味盎然，令人倍感亲切。颈联说明诗人秋夜常读书至"二鼓"时分，还恋恋不忍释卷。尾联以睡前进食作结，表现作者的清苦生活和好学不倦的情怀。这首诗笔调清淡，却意境深曲。

迎春乐·菖蒲叶叶知多少

【宋】秦观

菖蒲①叶叶知多少，惟有个、蜂儿妙。雨晴红粉齐开了，露一点、娇黄小②。

早是被、晓风力暴③，更春共、斜阳俱老。怎得香香深处，作个蜂儿抱④。

【注 释】

①菖（chāng）蒲：草名，亦名"白菖蒲""泥菖蒲"，品种不一，生于水边，有香气，根入药。此处泛指春草。
②娇黄小：指黄色蜜蜂。
③力暴：猛烈地吹。暴，疾也。
④蜂儿抱：形容蜜蜂采花。

▍作者名片

秦观（1049—1100），字少游，一字太虚，别号邗沟居士，高邮军武宁乡左厢里（今江苏省高邮市三垛镇少游村）人，北宋词人。秦观善诗赋策论，与黄庭坚、晁补之、张耒合称"苏门四学士"。所写诗词高古沉重，寄托身世，感人至深。长于议论，文丽思深，兼有诗、词、文赋和书法多方面的艺术才能，尤以婉约之词驰名于世。著作有《淮海词》三卷100多首，宋诗十四卷430多首，散文三十卷共250多篇。著有《淮海集》40卷，《劝善录》《逆旅集》等。

▍译 文

春草有多少呢？只能看见个蜂儿在草丛里钻来钻去，它多欢乐美妙！雨后天晴，百花吐艳，娇小的蜂儿钻入花丛，只露出那么一点点黄色的身躯。

暮春之时，春草被早晨的疾风摧残，红粉凋零。正值青春年少，却转瞬随夕阳一同衰老。人如何也能像蜂儿一样，在花香深处，搂抱在一起。

▍赏析

词的上片写"菖蒲叶叶"，是写叶，而下片虽未点明，但引起词人感想的，是花。高明的词人在词中一点儿也没有透露出这花的消息，只以"香香"二字点逗，使词情婉约含蓄。由此及彼的时空转换，从写景到因景生情，只用过片的停顿来做处理，而不做交代（有时用一字句或二字句领起），这在词中是常见的手法。联系到当时的词是在歌舞场合所唱，就更能体会这种"过门"处词情变换的妙处了。

登鹊山

【宋】 陈师道

小试登山脚，今年不用扶。

微微交济洛①，历历数青徐②。

朴俗犹虞力③，安流尚禹谟④。

终年聊一快，吾病失医卢⑤。

【注 释】

①济洛（luò）：济水（今黄河）与洛水。洛水源于济南趵突诸泉，北流注入小清河。

②青徐：青州与徐州，古概指齐鲁之地。

③朴俗：朴素的风俗。虞（yú）力：虞舜教化之力。

④安流：治理河流。禹谟（mó）：大禹的规划。谟，即谋划。《尚书》有《大禹谟》篇。

⑤医卢：扁鹊家在卢国，所以被称为卢医，这里代指名医。

作者名片

陈师道（1053—1102），字履常，一字无己，号后山居士，徐州彭城（今江苏徐州）人，北宋时期大臣、文学家，"苏门六君子"之一，江西诗派重要作家。元祐初年，苏轼等荐其文行，起为徐州教授，历仕太学博士、颍州教授、秘书省正字。一生安贫乐道，闭门苦吟，有"闭门觅句陈无己"之称。陈师道亦能作词，其词风格与诗相近，以拗峭惊警见长。但其诗、词存在着内容狭窄、词意艰涩之病。著有《后山先生集》，词有《后山词》。

译 文

在山脚尝试着登了一小段路程，发现今年已不需亲朋好友的搀扶就能前行。隐约能看到济水、洛水相交于远方的洛口，青、徐二州的景象历历在目。风土人情淳朴得如虞舜治理下的太平盛世，恬静的山川河流如同大禹治水后的景象。难得一年到头有这么愉快的时候，却因贫穷而得不到名医的医治。

〔赏析〕

这首诗首联回忆过去，包含了诗人许许多多的辛酸。颔联写登上了山顶，极目远眺看到的景色。颈联写舜和禹这两位古代传说中的英雄人物。尾联写自己难得愉快一下，只好先忘掉一切，尽情享受风景。这首诗质朴无华，沉郁顿挫，诗内满含作者凄苦之情。

扬州慢·淮左名都

【宋】姜夔

淳熙丙申至日①，予过维扬②。夜雪初霁，荠麦弥望。入其城，则四顾萧条，寒水自碧，暮色渐起，戍角悲吟。予怀怆然，感慨今昔，因自度此曲。千岩老人③以为有《黍离》之悲也。

淮左名都④，竹西佳处，解鞍少驻初程。过春风十里，尽荠麦青青。自胡马窥江⑤去后，废池乔木，犹厌言兵。渐黄昏，清角吹寒，都在空城。

杜郎俊赏⑥，算而今重到须惊。纵豆蔻词工，青楼梦好，难赋深情。二十四桥仍在，波心荡，冷月无声。念桥边红药，年年知为谁生？

【注 释】

①淳熙丙申：淳熙三年（1176）。至日：冬至。

②维扬：即扬州（今属江苏）。

③千岩老人：南宋诗人萧德藻，字东夫，自号千岩老人。

④淮左名都：指扬州。宋朝的行政区设有淮南东路和淮南西路，扬州是淮南东路的首府，故称淮左名都。

⑤胡马窥江：指金兵侵略长江流域地区，洗劫扬州。这里应指第二次洗劫扬州。

⑥杜郎：即杜牧。唐文宗大和七年到九年，杜牧在扬州任淮南节度使掌书记。俊赏：俊逸清赏。

⑦二十四桥：扬州城内古桥，即吴家砖桥，也叫红药桥。因杜牧诗"二十四桥明月夜，玉人何处教吹箫"，称为二十四桥。

⑧红药：红芍药花，是扬州繁华时期的名花。红药不仅是名花，而且根可供药用。

作者名片

姜夔（1154—1221），字尧章，号白石道人，饶州鄱阳（今江西鄱阳）人，南宋文学家、音乐家。其作品素以空灵含蓄著称，姜夔对诗词、散文、书法、音乐，无不精善，是继苏轼之后又一难得的艺术全才。有《白石道人诗集》《白石道人歌曲》《续书谱》《绛帖平》等书传世。

译 文

丙申年冬至这天，我经过扬州。夜雪初晴，放眼望去，全是荠草和麦子。进入扬州，一片萧条，河水碧绿凄冷，天色渐晚，城中响起凄凉的号角。我内心悲凉，感慨于扬州城今昔的变化，于是自创了这支曲子。千岩老人认为这首词有《黍离》的悲凉意蕴。

扬州自古是著名的都会，这里有著名游览胜地竹西亭，初到扬州我解鞍下马稍作停留。昔日繁华热闹的扬州路，如今长满了青青荠麦，一片荒凉。金兵侵略长江流域地区，洗劫扬州后，只留下残存的古树和废毁的池台，都不愿再谈论那残酷的战争。临近黄昏，凄清的号角声响起，回荡在这座凄凉残破的空城。

杜牧俊逸清赏，料想他现在再来的话也会感到震惊。即使"豆蔻"词语精工，青楼美梦的诗意很好，也难抒写此刻的深沉悲怆感情。二十四桥依然还在，桥下江水水波荡漾，月色凄冷，四周寂静无声。想那桥边红色的芍药花年年花叶繁荣，可它们是为谁生长为谁开放呢？

[赏析]

此词开头三句点明扬州昔日名满国中的繁华景象，以及自己对传闻中扬州的深情向往。接着二句写映入眼帘的只是无边的荠麦，与昔日盛况截然不同。"自胡马"三句，言明眼前的残败荒凉完全是金兵南侵造成的，在人们心灵上留下不可磨灭的创伤；"渐黄昏"二句，以回荡于整座空城之上的凄凉呜咽的号角声，进一步烘托今日扬州的荒凉落寞。下片化用杜牧系列诗意，抒写自己哀时伤乱、怀昔感今的情怀。"杜郎"成为词人的化身，词的表面是咏史、写古人，更深一层是写己与叹今。全词洗尽铅华，用雅洁洗练的语言，描绘出凄淡空蒙的画面，笔法空灵，寄寓深长，声调低婉，具有清刚峭拔之气势，冷僻幽独之情怀。它既控诉了金朝统治者发动掠夺战争所造成的灾难，又对南宋王朝的偏安政策有所谴责，有一定的积极意义。

眉妩·戏张仲远①

【宋】姜夔

看垂杨连苑，杜若侵沙，愁损未归眼。信马青楼去，重帘下，娉婷人妙飞燕。翠尊②共款。听艳歌、郎意先感。便携手、月地云阶里，爱良夜微暖。

无限。风流疏散。有暗藏弓履③，偷寄香翰④。明日闻津鼓，湘江⑤上，催人还解春缆⑥。乱红万点。怅断魂、烟水遥远。又争似相携，乘一舸、镇长见。

137

【注 释】

①张仲远：作者友人，吴兴（今浙江湖州）人。
②翠尊：饰以绿玉的酒器。尊：同"樽"。
③弓履（lǚ）：弓鞋，指旧时女人穿的鞋，秀鞋。
④香翰（hàn）：有香味的书函，代指情书。
⑤湘江：在湖南，此处点明湘江，应在湖南，但词意当指爱情之江。
⑥解春缆：解是解开，放开；缆是系船的缆绳；春缆乃是指男女情爱之激情。

译 文

在那垂杨深处，高楼林立，芳草满地之处，日落西山的傍晚时分，他没有回家，竟快马加鞭直往那青楼去，进入有重重幕帘的那间房子，与那漂亮且能歌善舞的姑娘相会。一时杯声相应，艳歌响起，酒兴助歌舞，人已喝醉，两人携手沉浸在云月之间，欢乐忘了夜晚凉意。

无限风流终有分别一刻，情难忘，暗藏绣花鞋，偷寄书信互表心意。相约明天日落时，以津鼓响起为号，再聚爱情江上，释放激情，欢乐一场。好景不长犹似花落去，这样偷情愁断魂，终是烟水不能融合，相隔遥远。还是要想方设法争取长携手，同舟共济，永远不分离。

〔赏析〕

此词写作者友人张仲远的情场艳遇。上片写主人公与情人幽会的时间地点以及幽会情景；下片具体陈述风流韵事以及分别情事，并设想别后情景，表达希望长相携手之意。全词构思精巧，描写精致，内容虽写世情，而格调却高雅脱俗。

侧犯·咏芍药

【宋】姜夔

恨春易去，甚春却向扬州住。微雨，正茧栗①梢头弄诗句。红桥二十四②，总是行云处。无语，渐半脱宫衣③笑相顾。

金壶④细叶，千朵围歌舞。谁念我、鬓成丝，来此共尊俎。后日西园⑤，绿阴无数。寂寞刘郎，自修花谱。

【注 释】

①茧栗：本言牛犊之角初生，如茧如栗。此借用以言花苞之小。
②红桥二十四：二十四桥为古代扬州名胜。
③半脱宫衣：这里借指花开一半。宫衣，原指宫女的服装。
④金壶：酒器。这里指硕大的黄色花朵。
⑤西园：此处泛指园林。

译 文

正怨恨春光易去之时，却目睹芍药开放，为什么这春色会移住扬州？微雨之中，在浮云飘过的二十四桥周围，芍药吐出如茧似栗的花蕾，仿佛在捉笔写诗。芍药默默不语，宛如美女脱掉宫装含情微笑。

椭圆形似金色酒壶的花叶与千万株艳丽的花朵，被载歌载舞的赏花人群所包围。谁会想到我，两鬓已经斑白，来此地赏花饮酒。待到春尽夏来，名园绿肥红瘦之时，我愿意默默无闻地为芍药编修花谱。

〔赏析〕

这是一首吟咏芍药风情、描写扬州景物的咏物词。此词大量运用比拟、双关的修辞手法，既描绘芍药的形神，又以物拟人，写物兼写人。全词采用避实就虚、提空写景的写法，遗貌取神，离形得似，构筑了一种清空高远的境界。

野 菊

【宋】杨万里

未与骚人当糗粮^①，况随流俗作重阳。
政缘^②在野有幽色，肯为无人减妙香。
已晚相逢半山碧，便忙也折一枝黄^③。
花应冷笑东篱族^④，犹向陶翁觅宠光。

【注 释】

①糗粮：干粮，指被文人赏识。糗，炒熟的米、麦等谷物。
②政缘：正因为。政，即"正"。
③黄：指黄菊。
④东篱族：篱边人种的菊花。

作者名片

　　杨万里（1127—1206），字廷秀，号诚斋，吉州吉水（今江西省吉水县黄桥镇湴塘村）人，南宋著名诗人、大臣，与陆游、尤袤、范成大并称为"中兴四大诗人"。因宋光宗曾为其亲书"诚斋"二字，故学者称其为"诚斋先生"。杨万里一生作诗两万多首，传世作品有四千二百首，被誉为一代诗宗。他创造了语言浅近明白、清新自然、富有幽默情趣的"诚斋体"。杨万里的诗歌大多描写自然景物，且以此见长。他也有不少反映民间疾苦、抒发爱国感情的作品。著有《诚斋集》等。

译 文

　　不给文人骚客做干粮，更不肯随流俗在重阳节被俗人赏识。正因为在野外更有清幽淡色，哪肯因为无人，剪掉自己的幽香。已是傍晚时分，在绿色的半山腰中与野菊相逢。即使匆忙也要折一枝淡黄的野菊。野菊花也许会冷笑那些家养的菊花，因为家菊们竟然向陶渊明寻求恩宠。

〔赏析〕

诗的前半部分用先抑后扬的笔法来写。首联写野菊在世默默无闻，既未被文人采用以登上文坛，更未受世俗钟爱。颔联既写形态又写精神，对野菊的姿色、芳香和品性做了生动的描绘。颈联写诗人旅途之中见野菊的丰姿与妙香，逗得诗人折取一枝来加以观赏。尾联以写野菊花的自豪感来进一步表达对它的赞美。这首诗写得脱俗、婉转、流畅，具有创新性。

寻隐者不遇

【宋】魏野

寻真误入蓬莱岛①，香风不动松花老②。
采芝③何处未归来，白云遍④地无人扫。

【注释】

①真：即仙人，道家称存养本性或修真得道的人为真人。蓬莱：神话中渤海里仙人居住的三座神山之一。
②松花：松树的花。老：衰老，引申为花的衰老，即下落的意思。
③采芝：摘采芝草。古以芝草为神草，服之长生，故常以"采芝"指求仙或隐居，此处代指作者所要寻找的仙人。
④遍：一作"满"。

作者名片

魏野（960—1020），字仲先，号草堂居士，陕州陕县人。不求仕进，自筑草堂，弹琴赋诗其中。真宗大中祥符四年，帝祀汾阴，与表兄李渎同被举荐，上表以病辞，诏州县常加存抚。与王旦、寇准友善，常往来酬唱。为诗精苦，有唐人风格，多警策句。著有《东观集》《草堂集》。

译 文

寻仙问道，承想却来到了蓬莱仙岛，这里到处香气弥漫，松花自落。仙人到底去了哪里呢？怎么至今还不回来，这满地的白云幸好没人打扫。

赏 析

诗题中的"隐者"为谁，人们已不得而知，魏野本人即宋初有名的隐士，他与不少隐逸者有交往，这里反映的就是诗人生活的这一方面，写的是隐者相寻，终未得遇。与贾岛诗相比，诗题虽同，内中含义却昭然有别。贾岛诗中，隐者在"云深不知处"，但毕竟"只在此山中"，还是有目标可见的，而此诗中的隐者，行迹更加漂泊不定，难以捉摸。

金人捧露盘·水仙花

【宋】高观国

梦湘云，吟湘月，吊湘灵①。有谁见、罗袜尘生。凌波步弱，背人羞整六铢②轻。娉娉袅袅，晕娇黄、玉色轻明。

香心静③，波心冷④，琴心怨，客心⑤惊。怕佩解、却返瑶京⑥。杯擎清露，醉春兰友与梅兄。苍烟万顷，断肠是、雪冷江清。

【注 释】

①湘灵：即湘水女神，传说舜的二妃娥皇、女英死后为湘水之神。

②六铢：六铢衣，是一种极薄极轻的衣服，由此可见其体态的绰约，这里用来表现水仙体态之美。

③香心静：写花，香而静。
④波心冷：写水仙所居之水，水仙冬生，黄庭坚称为"寒花"，故写水用"冷"字。
⑤客心：即旅居异乡的心情，盖亦羁旅之人。
⑥瑶京：此指神仙所居的宫室。

作者名片

高观国（生卒年不详），字宾王，号竹屋，山阴（今浙江绍兴）人，南宋词人。生活于南宋中期，年代约与姜夔相近。与史达祖友善，常常相互唱和，词亦齐名，时称"高史"。其成就虽不及史达祖，但也有值得重视之处。他善于创造名句警语。从其作品中看不出有仕宦的痕迹，大约是一位以填词为业的吟社中人。为"南宋十杰"之一。有词集《竹屋痴语》。

译 文

梦湘神，吟湘神，追怀湘神，罗袜无尘。植根水中，亭亭立于水面，宛如凌波仙子，身披薄薄轻纱无胜娇羞。体态娉娉袅袅，色如娇黄，莹如润玉。

花香而静，水寒冷，琴心幽怨，见花而惊喜无边。只希望水仙花慢慢凋零败落，不要像江妃二女那样在人间打个照面就又返回仙宫去了。水仙花状如高脚酒杯，其中盛满了醇酒般的清露，高高擎起，连那挚友春兰和梅兄也要为之酣醉。苍烟万顷、雪冷江清，无怪乎娇弱的水仙要"断肠"于此了。

赏析

这是一首咏水仙的词作。该词上片巧借神女形象为水仙花传神写照，侧重于外表形态。下片则深入一层，探其精神世界。清新典雅，别有一番韵味，值得细细品味、欣赏。作者创造性地运用比拟的手法，把水仙花比作湘水女神，将水仙花描绘得有血有肉，飘然若仙，让人顿生爱怜之意。

贺新郎·寄辛幼安和见怀韵①

【宋】陈亮

老去凭谁说。看几番、神奇臭腐②，夏裘冬葛③。父老长安今余几，后死无仇可雪。犹未燥、当时生发④。二十五弦⑤多少恨，算世间、那有平分月。胡妇弄，汉宫瑟。

树犹如此⑥堪重别。只使君、从来与我，话头多合。行矣置之无足问，谁换妍皮痴骨⑦。但莫使、伯牙弦绝⑧。九转⑨丹砂牢拾取，管精金、只是寻常铁。龙共虎，应声裂。

【注 释】

①辛幼安：辛弃疾，字幼安，淳熙十五年（1188）末，辛寄《贺新郎·把酒长亭说》与陈亮，因作此词相和。和见怀韵：酬和（你）怀想（我而写的词作的）原韵。

②神奇臭腐：《庄子·知北游》："所美者为神奇，所恶者为臭腐。臭腐复化为神奇，神奇复化为臭腐。故曰通天下一气耳。"言天下之事变化甚多。

③夏裘冬葛：《淮南子·精神训》："知冬日之箑，夏日之裘，无用于己。"箑（shà）：扇。本指冬日穿葛衣、用扇子，夏日寄裘皮，是与时不宜。此喻世事颠倒。

④犹未燥、当时生发：陈亮《中兴论》云："南渡已久，中原父老，日以殂谢，生长于戎，岂知有我！昔宋文帝欲取河南故地，魏太武以为我自生发未燥，即知河南是我境土，安得为南朝故地？故文帝既得而复失之。"生发：即胎毛。生发未燥即胎毛未干，指婴儿时。

⑤二十五弦：用乌孙公主、王昭君和番事，指宋金议和。《史记·封禅书》："太帝使素女鼓五十弦瑟，悲，帝禁不止，故破其瑟为二十五弦。"应上片末句之"汉宫瑟"。乌孙公主与王昭君之和亲，均以琵琶曲表哀怨，故此处之瑟实指琵琶。

⑥树犹如此：《世说新语·言语》："桓公北征，经金城，见前为琅琊时种柳，皆已十围。慨然曰：'木犹如此，人何以堪！'攀枝执条，泫然流泪。"《皮树蔓·枯树赋》作"树犹如此"。

⑦妍皮痴骨：《晋书·慕容超载记》："超自以诸父在东，恐为姚氏所录，乃阳（佯）狂行乞。秦人贱之，惟姚绍见而异焉，劝兴拘以爵位。召见与语，超深自晦匿，兴大鄙之，谓绍曰：'谚云：妍皮不裹痴骨。妄语耳！'由是得去来无禁。"此处指己才不为人识，遭鄙弃而被埋没。妍皮，谓俊美的外貌；痴骨，指愚笨的内心。

⑧伯牙弦绝：《吕氏春秋·本味》载，伯牙鼓琴，钟子期听之，知其志在太山、流水，钟子期死，伯牙破琴绝弦，终身不复鼓琴。此处是将辛弃疾引为知音。

⑨九转：《抱朴子·金丹》："一转之丹，服之三年得仙；二转之丹，服之二年得仙……九转之丹，服之三日得仙。"

作者名片

陈亮（1143—1194），原名汝能，后改名陈亮，字同甫，号龙川，婺州永康（今属浙江）人。所作政论气势纵横，词作豪放，有《龙川文集》《龙川词》，宋史有传。

译 文

年华老去我能向谁诉说？看了多少世事变幻，是非颠倒！那时留在中原的父老，活到今天的已所剩无几，年轻人已不知复仇雪耻。如今在世的，当年都是乳臭未干的婴儿！宋金议和有着多少的悔恨，世间哪有南北政权平分土地的道理。胡女弄乐，琵琶声声悲。

树也已经长得这么大了，怎堪离别。只有你（辛弃疾），与我有许多相同的见解。我们天各一方，但只要双方不变初衷，则无须多问挂念。希望不会缺少知音。炼丹一旦成功，就要牢牢拾取，点铁成金。龙虎丹炼就，就可功成迸裂而出。

〔赏析〕

词的上半片，抒发了作者壮志未酬，鬓发已苍，满怀忧国之思不知向谁倾诉的一腔激愤；下半片表现了作者与辛弃疾的战斗友谊以及相互期望报效国家的一片丹心。这首词先论天下大事，雪耻无望，令人痛愤；再表达希望志同道合的二人今后互相鼓励、奋斗到底的共勉。

生查子·药名闺情

【宋】 陈亚

相思意已深①，白纸②书难足。字字苦参商③，故要檀郎读④。

分明记得约当归⑤，远至樱桃熟⑥。何事菊花时⑦，犹未回乡曲⑧？

【注 释】

①相思：即"相思子"，中药名。意已：谐中药名"薏苡"。

②白纸：指信笺。又谐中药名"白芷"。

③苦参商：谓夫妻别离，苦如参商二星不能相见。参星在西，商星（即辰星）在东，此出彼没，无法相见。苦参，中药名。

④檀郎读：一作"槟榔读"（"槟榔"亦是中药名）。意谓请丈夫仔细阅读。檀郎，晋代潘岳是美男子，小名擅奴。故旧时常以"檀郎"代称夫婿或所爱男子。郎读，谐中药名"狼毒"。

⑤当归：应该回家。亦中药名。

⑥远至：最迟到，最迟于。又谐中药名"远志"。樱桃熟：樱桃红熟之时，即初夏。樱桃，亦中药名。

⑦菊花时：菊花盛开之时，即深秋。菊花，亦中药名。

⑧回乡曲：意谓回家的信息。回乡，谐中药名"茴香"。

作者名片

陈亚（约1017年前后在世），字亚之，维扬（今江苏扬州）人。少孤，长于舅家，受其舅影响，熟谙药名，有药名诗百余首，其中佳句如"风月前湖夜，轩窗半夏凉"，颇为人所称赞。

译 文

自从与夫君离别之后，相思之情日渐加深，这短短的信笺，无法写尽我要倾诉的绵绵情意。信中的每一个字，都饱含着我的相思之苦，希望夫君仔细阅读，明白此情。

我清楚地记得分别时你我相约，你最迟于仲夏樱桃红熟之时回家。不知你被何事耽搁，已是菊花绽放的秋季，为什么还没有你回来的音信呢？

赏析

　　这是一首别具风味的药名闺情词。词中以深挚的感情和浅近的语言，别具一格、匠心独运地妙用一连串药名，通过闺中人以书信向客居在外的夫君倾诉相思之情的情节，抒写了闺中人思念远人的款款深情。

　　词的上片通过闺中人书信难表相思之深的描写，抒写她对丈夫的深情厚谊。词的下片，以幽怨口气，进一步抒写闺中人怀念远人的情怀；结尾出以反问，更显思念之深切。

蝶恋花·春涨一篙添水面

【宋】范成大

　　春涨一篙添水面。芳草鹅儿，绿满微风岸。画舫夷犹①湾百转。横塘②塔近依前远。

　　江国多寒③农事晚。村北村南，谷雨④才耕遍。秀麦连冈桑叶贱。看看⑤尝面收新茧。

【注　释】

①画舫：彩船。夷犹：犹豫迟疑，这里是指船行迟缓。
②横塘：在苏州西南，是个大塘。
③江国：水乡。寒：指水冷。
④谷雨：二十四节气之一，在清明之后。
⑤看看：转眼之间，即将之意。

作者名片

范成大（1126—1193），字至能（《宋史》等误作"致能"），一字幼元，早年自号此山居士，晚号石湖居士，平江府吴县（今江苏苏州）人。南宋名臣、文学家，中兴四大诗人之一。范成大素有文名，尤工于诗。风格平易浅显，清新妩媚。诗题材广泛，以反映农村社会生活内容的作品成就最高。与杨万里、陆游、尤袤合称南宋"中兴四大诗人"（又称南宋四大家）。今有《石湖集》《揽辔录》《吴船录》《吴郡志》《桂海虞衡志》等著作传世。

译　文

春来，绿水新涨一篙深，盈盈地涨平了水面。水边芳草如茵，鹅儿的脚丫蹒跚，鲜嫩的草色，在微风习习吹拂里，染绿了河塘堤岸。画船轻缓移动，绕着九曲水湾游转，望去，横塘高塔，在眼前很近，却又像起航时一样遥远。

江南水乡，春寒迟迟农事也晚。村北，村南，谷雨时节开犁破土，将田耕种遍。春麦已结秀穗随风起伏连岗成片，山冈上桑树茂盛，桑叶卖家很贱，转眼就可以，品尝新面，收取新茧。

〔赏析〕

这是一首田园词，描绘出一幅清新、明净的水乡春景，散发着浓郁而恬美的农家生活气息，自始至终都流露出乡村人情淳朴、宁静、合皆，读了令人心醉。词的上片向读者讲述了一幅早春水乡的五彩画面。词的下片写到农事，视野更加开阔了。如此写，既与上片紧密相连，又避免了重复。该词笔调清新愉悦，将景物与农事描写得自然连贯，充分表现出作者对田园生活的长期向往之情，是一篇很有特色的词作。

天香·咏龙涎香①

【宋】王沂孙

孤峤蟠烟，层涛蜕月②，骊宫夜采铅水③。讯远槎风④，梦深薇露⑤，化作断魂心字。红瓷候火⑥，还乍识、冰环玉指⑦。一缕萦帘翠影，依稀海天云气。

几回殢娇⑧半醉。剪春灯、夜寒花碎。更好故溪飞雪，小窗深闭。荀令⑨如今顿老，总忘却、樽前旧风味。谩惜余熏，空篝素被。

【注 释】

①龙涎香：古代香料。其味甘、气腥、性涩，具有行气活血、散结止痛、利水通淋、理气化痰等功效；用于治疗咳喘气逆、心腹疼痛等症。

②层涛蜕月：波涛映月如闪动的龙鳞。

③骊（lí）宫：谓骊龙所居之地。铅水：骊龙的涎水。

④讯远槎风：采香的人乘木筏（槎）随潮汛而去。"讯"字为潮汛之意，"槎"字指鲛人乘槎至海上采取龙涎，随风趁潮而远去，于是此被采之龙涎遂永离故居不复得返矣。

⑤梦深薇露：龙涎香要用蔷薇水（香料）调制，这里把龙涎作为有情之物来写——对故乡的离梦渗透了蔷薇水。薇露，意指蔷薇水，是一种制造龙涎香时所需要的重要香料。

⑥红甃（cì）候火：《香谱》说龙涎香制时要"慢火焙，稍干带润，入甃盒窨"。红甃，指存放龙涎香之红色的瓷盒。候火，指焙制时所需等候的慢火。

⑦冰环玉指：香制成后的形状，有的像白玉环，有的像女子的纤纤细指。

⑧殢（tì）娇：困顿娇柔。这里开始回想焚香的女子。"殢"原为慵倦之意，此处意为半醉时的娇慵之态，自当为男子眼中所见女子之情态。

⑨荀令：指的是三国时代做过尚书令的荀彧，爱焚香。

【作者名片】

王沂孙，字圣与，号碧山、中仙、玉笥山人。会稽（今浙江绍兴）人，年辈大约与张炎相仿，入元后曾任庆元路学正。著有《花外集》，又名《碧山乐府》。

译 文

　　孤独耸立的海中礁石上缭绕着浓烟，层层波涛如闪闪的鳞甲正在蜕退着月光，鲛人趁着夜晚，到骊宫去采集清泪般的龙涎。风送竹筏随着海潮去远，夜深时龙涎和着蔷薇花的清露进行研炼，化作心字形篆香而令人凄然魂断。龙涎装入红瓷盒后用文火烘焙，又巧妙地制成晶莹的指环。点燃时一缕翠烟萦绕在幕帘，仿佛是海气云天。

　　暗想从前，她不知道有多少次撒娇耍蛮，故意喝得半醉不醉，轻轻地把灯火往碎剪。更兼故乡的溪山，飘扬着轻雪漫漫，我们把小窗一关，那情味真是令人感到陶醉香甜。而今，我如同荀令老去，早已忘却昔年酒宴间那温馨与缠绵。徒然爱惜当年留下的余香，已然把素被放在空空的熏笼上，以此来熨帖一下伤透的心田。

赏析

　　这是一首咏物言志词，借咏龙涎香以寄托遗民亡国之痛。因所咏对象具神话色彩，故此词遣词造境以神话的奇幻情调出之。上片从采香、制香到焚香，层层推进，逐层展开。下片回忆当年春夜焚香饮酒，此刻却不再有如此雅兴，昭示出对故国的思念。全词意蕴潜隐，寄慨甚深，低回婉转，怅惘无穷。

齐天乐·蝉

【宋】王沂孙

　　一襟余恨宫魂断①，年年翠阴庭树。乍咽凉柯，还移暗叶②，重把离愁深诉。西窗过雨。怪瑶佩流空，玉筝调柱③。镜暗妆残，为谁娇鬓尚如许④。

　　铜仙⑤铅泪似洗，叹携盘去远，难贮零露。病翼惊秋，枯形⑥阅世，消得⑦斜阳几度？余音更苦。甚独抱清商⑧，顿成凄楚？谩想熏风，柳丝千万缕。

【注　释】

①一襟：满腔。宫魂断：用齐后化蝉典。宫魂，即齐后之魂。
②凉柯：秋天的树枝。暗叶：浓暗的树叶。
③瑶佩二句：以玉声喻蝉鸣声美妙，下"玉筝"同。调柱：调整弦柱。
④"镜暗妆残"二句：谓不修饰装扮，为何还那么娇美。魏文帝宫女莫琼树制蝉鬓，缥缈如蝉。娇鬓：美鬓，借喻蝉翼的美丽。
⑤铜仙：用汉武帝金铜仙人典。
⑥枯形：指蝉蜕。
⑦消得：经受得住
⑧甚：正。清商：清商曲，古乐府之一种，曲调凄楚。

【译　文】

　　宫妃满怀离恨，愤然魂断，化作一只哀蝉，年年都在庭院的绿荫丛中哀鸣。它刚刚还在枝头上鸣咽，不一会儿又飞到幽暗的密叶丛中鸣叫，一遍又一遍地将生死离别的愁绪向人深深倾诉。西窗外秋雨初歇，蝉儿惊动的声音如玉佩在空中作响，又如玉筝调柱般美妙动听。昔日的明镜已经昏暗，容貌已经憔悴，可为何蝉翼还像从前那样娇美？

　　金铜仙人铅泪如洗，去国辞乡，只可叹她携盘远去，不能再贮藏清露以供哀蝉了。秋蝉病弱的双翼惊恐清秋的到来，那枯槁的形骸在世上已沧桑历尽，还能承担起多少次斜阳的折磨？凄咽欲断的啼叫更让人觉得悲苦，可为什么她还欲独自将哀怨的曲调吟唱，顿时让自己承受这无尽的哀伤？而当此之时，她只能徒然追忆当年自己欢笑在熏风中，柳丝万缕飘飞的美景。

[赏析]

　　全诗借咏秋蝉托物寄意，表达国破家亡、末路穷途的无限哀思。开始由蝉的形象联想到宫女形象，由宫妇含恨而死，尸体化为蝉长年攀树悲鸣的传说，为全章笼罩悲剧气氛。"病翼""枯形"，是形容饱尝苦难的遗民形象。最后以寒蝉"谩想"二字，一笔将希望抹去，酸楚之至，有含蓄不尽之势。全词以寒蝉的哀吟写亡国之恨，词人哀吟，宛如寒蝉悲鸣，既贴物写形、写声，又超物写意，不失为一首咏物佳作。

兰陵王·卷珠箔

【宋】张元干

　　卷珠箔①，朝雨轻阴乍阁②。阑干外、烟柳弄晴，芳草侵阶映红药。东风妒花恶，吹落梢头嫩萼。屏山掩、沉水倦熏③，中酒心情怯杯勺④。

　　寻思旧京洛⑤，正年少疏狂，歌笑迷著。障泥油壁⑥催梳掠，曾驰道⑦同载，上林携手，灯夜初过早共约，又争信飘泊⑧。

　　寂寞，念行乐。甚粉淡衣襟，音断弦索，琼枝璧月⑨春如昨。怅别后华表，那回双鹤。相思除是，向醉里、暂忘却。

【注 释】

①箔（bó）：竹帘。

②乍阁（zhà gé）：初停。阁：同"搁"，停止。

③沉水倦熏（xūn）：沉香因为疲倦而懒得再熏。沉香，香料名。

④杯勺：盛酒之器，这里代指酒。

⑤旧京洛：洛阳，这里指北宋皇城汴京。

⑥障泥：挂在马腹两边，用来遮挡尘土的马具，这里指代马。油壁：原指车上油饰之壁，这里代指车。

⑦驰道：秦代专供帝王行驶车马的道路。这里指代京城的大道。

⑧争信飘泊（bó）：不想会有今日，到处漂泊孤单。

⑨琼枝璧月：喻美好生活。

作者名片

张元干（1091—约1161），字仲宗，号芦川居士、真隐山人，晚年自称芦川老隐。芦川永福人（今福建永泰嵩口镇月洲村人）。张元干与张孝祥一起号称南宋初期"词坛双璧"。尤长于词，其作品中的二首《贺新郎》最为著名，被称为压卷之作。张元干博览群书，文学修养很高，他能诗、能词、能文，其著作有《芦川归来集》10卷、《芦川词》2卷，计180余首。

译 文

轻雨绵绵，柳条随风轻拂，仿佛在迎接春天。芳草的碧色映着新开的芍药花，衬托得更加鲜红。可恶的东风嫉妒花朵，一阵无情的风将梢头上娇嫩花叶吹落。我把屏风紧掩，沉水香也懒得再熏。因喝酒会醉，总是怕看见酒盅。

回想从前在汴京，正是少年时代，时常纵情欢乐，也曾迷恋于歌舞表演者。常常准备好华丽的车马，催促美人快些出发游玩。曾经同乘一辆车奔驰在宽广的大街上，也曾携手在上林苑里一起开怀。刚刚度完热闹的元宵佳节，又早早约定佳期再见。不想会有今日，到处漂泊孤单如浮萍。

寂寞啊寂寞，更加思念当日相依相伴的情人。恐怕她衣上的香粉已经消淡，琴弦也久不弹奏。自从和她分别之后，至今没有音信，也不知她的面容，是否还和以前一样冠压群芳。怅恨分别之后，一切都在变化，万事如过眼云烟，不知何时能化作一只仙鹤，飞回到日思夜想的故乡。我的相思之情无法消除，只能在酒醉的时候，才能暂时忘却。

[赏析]

　　此词为词人壮年迁居临安时所作。靖康之难后北宋王朝灭亡，词人在亲身经历战火之后来到江南。这首《兰陵王》即为词人在一次登楼赏景后怀念故国而写。此词描写了春日的迷人景色和对美好故国生活的回忆，以乐景衬哀情，表现了对沧桑之变的感慨，抒发感怀故国的"黍离"之悲。

满江红·自豫章①阻风吴城山作

【宋】张元干

　　春水迷天，桃花浪②、几番风恶。云乍起、远山遮尽，晚风还作。绿卷③芳洲生杜若。数帆带雨烟中落。傍向来、沙嘴④共停桡⑤，伤飘泊。

　　寒犹在，衾偏薄。肠欲断，愁难著。倚篷窗⑥无寐，引杯孤酌。寒食清明都过却。最怜轻负年时约⑦。想小楼、终日望归舟，人如削。

【注　释】

①豫章：今江西南昌市。"吴城山"地名。
②桃花浪：亦称桃花水。旧历二三月春水涨，正值桃花开，故称。
③绿卷，一作绿遍。
④沙嘴：即沙洲。
⑤桡（ráo）：桨，代指船。
⑥篷（péng）窗：船的窗户。
⑦年时约：指与家中约定春天返家。

译 文

正是桃花水涨时，又几番风险浪急。阴云乍起，将远山层层遮蔽。入黄昏，风吼不息。生满杜若的沙洲，翻卷着绿色和香气。几片风帆，落下在迷蒙烟雨里。行船傍突入江中的沙嘴停泊，一种漂泊的忧伤在心中升起。

夜间春寒未退，偏又被薄人无寐。悲肠欲断，沉甸甸的忧愁担不起。一个人靠着篷窗，拿来酒杯独酌，将不眠的愁思浇灌。寒食清明都过了，轻易错过了从前约定的日期，料想闺中佳人，整天登楼凝望盼船回，人瘦如削凭栏立。

赏析

桃花：可作为中药，味甘、辛，性微温，有活血悦肤、峻下利尿、化瘀止痛等功效。

这首词从对恶劣环境的描写，转入对羁旅愁思的抒发，词人因风恶而延误归乡的痛苦之情表达得深切、真挚。全词以"想小楼、终日望归舟，人如削"结尾，巧妙的艺术构思、细致具体的描摹，具有极高的审美价值。

点绛唇·素香丁香

【宋】王十朋

落木萧萧，琉璃①叶下琼葩吐。素香柔树。雅称幽人趣。无意争先，梅蕊休相妒。含春雨。结愁千绪②。似忆江南主③。

【注　释】

①琉璃：指各种天然有光宝石。此形容花叶。
②结愁千绪：指丁香花蕾似人心结愁绪。
③江南主：即南唐君主，指李璟。

作者名片

　　王十朋（1112—1171），字龟龄，号梅溪，浙江乐清人，南宋著名政治家、诗人，一代名臣。王十朋学识渊博，诗文自有风格。现收入《梅溪先生文集》前后集中，计有诗1700多首，赋7篇，奏议46篇，其他如记、序、书、启、论文、策问、行状、墓志铭、祭文、铭、赞等散文、杂文140多篇。此外还有《春秋》《论语》讲义8篇等。

译　文

　　树叶还是稀稀落落的，丁香树叶下丁香花就开放了，吐露出的素淡的香气环绕着树，雅士称赞这是幽居之士的乐趣。
　　丁香花没有想争夺春光，梅花不要嫉妒。她在春雨中愁绪满怀，好像在怀念江南故土。

赏析

　　此词上片从两个方面落笔：一个方面是写丁香之形态，另一个方面是写丁香之意趣。下片由形而传神，写丁香之精神所在，也从两个方面落笔，一个方面是写其无意与群芳，另一个方面是写丁香散露出的那种愁绪。全词的精彩之处全在其"豹尾"：作者大胆悬想，丁香之所以"结愁千绪"，也许是它在思忆江南的主人吧。让本无情之花卉植物化为了有情意之作者心志的寄托。全词多处用典，内涵深远。

梅　花

【宋】陈亮

疏枝横玉瘦^①，小萼点珠光^②。

一朵忽先变^③，百花皆后香。

欲传春信息^④，不怕雪埋藏。

玉笛休三弄^⑤，东君正主张^⑥。

【注　释】

①疏：稀少。横：横伸着。玉瘦：指沾满雪的清冷刚劲的花枝。玉，比喻洁白美好。瘦，细削，这里有清冷、刚劲的意思。

②萼：花萼，在花瓣下部的一圈绿色小片。点：点缀、装点。

③忽：不在意。变：变化。这里指花蕾开放。

④春信息：春意。

⑤三弄：指古曲《梅花三弄》，全曲主调出现三次，故称三弄。

⑥东君：指春神，象征美好的春天。主张：主宰。化。这里指花蕾开放。

作者名片

陈亮（1143—1194），原名汝能，后改名陈亮，字同甫，号龙川，婺州永康（今属浙江）人。婺州以解头荐，因上《中兴五论》，奏入不报。宋孝宗淳熙五年（1178），诣阙上书论国事。后曾两次被诬入狱。宋光宗绍熙四年（1193）策进士第一，状元。授签书建康府判官公事，未行而卒，谥号文毅。所作政论气势纵横，词作豪放，有《龙川文集》《龙川词》。

译　文

稀稀落落的梅树枝条歪歪倾斜地挂满那洁白如玉的雪花，使得枝条上一朵又一朵的梅花花萼泛着斑斑点点的雪花，在阳光照射下闪着晶莹的光彩。忽然有一朵梅花最先绽开放了，这使得想要在春天竞吐芳香的种种百花都落在梅花的后面了。梅花要想把春天悄然而来的信息传递出去，又怎么会害怕被厚厚的积雪所深深埋藏呢！请玉笛不要再吹奏那令人伤感的古曲《梅花三弄》了，让主宰春天的神东君为梅花留住春天，不要让开在早春的梅花因一支悲伤曲调而过早地凋谢。

〔赏析〕

　　此诗前两句赞颂梅的刚劲、洁白；三、四句赞扬梅花不畏寒冷，在百花凋零时凌寒开放；五、六句赞美梅花的品质；七、八句指出春天的到来是不可抗拒的。此诗格调清新，语言明快，一反过去缠绵悱恻、孤芳自赏的情调。作为南宋的爱国词人，陈亮心系国家安危，一生为北伐金虏、恢复中原奔走呼号，屡遭迫害而矢志不悔，始终保持着崇高的民族气节。作者在咏梅，其实就是咏怀，此诗是陈亮的借物咏志之作。

念奴娇·插天翠柳

【宋】朱敦儒

　　插天翠柳，被何人，推上一轮明月。照我藤床凉似水，飞入瑶台琼阙①。雾冷笙箫，风轻环佩，玉锁无人掣。闲云收尽，海光天影相接。

　　谁信有药长生，素娥②新炼就、飞霜凝雪。打碎珊瑚，争③似看、仙桂扶疏横绝。洗尽凡心，满身清露，冷浸萧萧④发。明朝尘世，记取休向人说。

【注　释】

①瑶台：神仙居处。琼阙：精巧华美之楼台。
②素娥：月宫仙女"嫦娥"。因月色白，故称"素娥"。
③争：怎么。
④萧萧：头发花白稀疏貌。

作者名片

　　朱敦儒（1081—1159），字希真，洛阳人。历兵部郎中、临安府通判、秘书郎、都官员外郎、两浙东路提点刑狱，致仕，居嘉禾。绍兴二十九年（1159）卒。有词三卷，名《樵歌》。朱敦儒获得"词俊"之名，与"诗俊"陈与义等并称为"洛中八俊"。朱敦儒著有《岩壑老人诗文》，已佚；今有词集《樵歌》，也称《太平樵歌》，《宋史》卷四四五有传。今录诗九首。

译　文

　　门前的翠柳不知道被谁人推上了一轮皎洁的明月，如凉水一般照在我的藤床上，如此良辰美景，我思绪飘飞幻想着飞入瑶台月宫。这里雾冷风轻，隐隐可闻的笙箫声和仙子的环佩之声，大约她们正随音乐伴奏而飘飘起舞。

　　据说有可以使人延寿的药。然而"长生"的念头，只不过是世俗的妄想。两袖清风，满身清露，寒冷浸湿了萧条的白发，这些隐逸脱俗的情怀，恐是尘世之人无法理解，便也不向尘世之人诉说。

赏析

　　南宋绍兴十七年（1147）初秋，由于朝廷内投降派得势，爱国志士纷纷斥退，收复中原日益渺茫，词人的一腔热忱付之冰海，满怀的期望变成极度的失望。于是词人为了求得精神上的解脱，向隐逸之路寻求归宿，写下了这首词。全词笔法浪漫奇绝，构思巧妙，通过对神话传说的描写以及富于浪漫的想象，写得高洁清幽、超尘绝世，生动地体现了朱敦儒旷逸豪迈的词风。

水调歌头·过岳阳楼作

【宋】张孝祥

湖海倦游客，江汉有归舟。西风千里，送我今夜岳阳楼。日落君山云气，春到沅湘草木，远思渺难收。徒倚①栏干久，缺月挂帘钩②。

雄三楚③，吞七泽④，隘九州。人间好处，何处更似此楼头？欲吊沉累⑤无所，但有渔儿樵子，哀此写离忧。回首叫虞舜⑥，杜若满芳洲。

【注 释】

①徒倚：犹低回，有留连不舍的意思。
②帘钩：门窗上挂帘子所用的钩子，
③三楚：指西楚、东楚、南楚，包括湖南、湖北、河南、江苏、安徽、江西等地。
④七泽：古来相传楚地有七泽（七个大湖泊）。
⑤沉累（léi）：指屈原。
⑥虞舜：上古的一位帝王，相传南巡时死于苍梧之野，葬在九嶷山下（今湖南宁远）。

作者名片

张孝祥（1132—1169），字安国，号于湖居士，简州（今属四川）人，生于明州鄞县，宋朝词人。著有《于湖集》40卷、《于湖词》1卷。其人才思敏捷，词作豪放爽朗，风格与苏轼相近。

译 文

疲倦于湖海漂泊的生活，离开江陵乘舟沿江东归。西风正盛，一日千里一般，今夜把我送到岳阳楼。那湖中君山的暮霭云雾，四周萦绕，沅水、湘水相汇处的两岸草木，呈现出一片葱绿的春色，思绪翻腾，颇难平静。独自倚栏凝思，天上的月亮好似帘钩。

三楚、七泽、九州雄伟险要。人间美景，哪里比得上岳阳楼上所见呢？想祭奠屈原而不得，只能借登山临水，效渔儿樵子，抒发离忧之情。回过头去呼唤一代英主虞舜大帝，只见杜若花开满了水中沙洲。

赏析

　　乾道五年（1169）三月，张孝祥请祠侍亲获准，乘舟返乡。中途因天气原因，在岳阳楼附近停留多日。他借机登楼远眺，俯瞰湖海壮景，吊古伤情。灵感被触发，写下了这首词作。该词上片写登临岳阳楼，并赞赏岳阳楼的美景，下片接着写雄美之景，并由此联想到屈原的离忧来抒发自己心中的哀愁。全词在满含豪气的描写中表达了自己内心复杂的情感，意蕴深厚。

解连环·怨怀无托

【宋】周邦彦

　　怨怀无托。嗟情人断绝，信音辽邈。纵妙手、能解连环①，似风散雨收，雾轻云薄。燕子楼空②，暗尘锁、一床③弦索。想移根换叶④。尽是旧时，手种红药。

　　汀洲渐生杜若⑤。料舟依岸曲，人在天角。谩记得、当日音书，把闲语闲言，待总烧却。水驿春回，望寄我、江南梅萼⑥。拚今生，对花对酒，为伊泪落。

【注 释】

①解连环：此处借喻情怀难解。

②燕子楼空：燕子楼在今江苏徐州。楼名。在今江苏省徐州市。相传为唐贞元时尚书张建
封之爱妾关盼盼居所。张死后，盼盼念旧不嫁，独居此楼十余年。后以"燕子楼"泛指
女子居所。这里指人去楼空。

③床：放琴的架子。

④移根换叶：比喻彻底变换处境。

⑤杜若：芳草名。别称地藕、竹叶莲、山竹壳菜。李时珍说："杜若乃神农上品，治足少阴、
太阳诸证要药，而世不知用，惜哉。"

⑥梅萼：梅花的蓓蕾。

作者名片

周邦彦（1056—1121），字美成，号清真居士，汉族，钱塘（今浙江杭州）人，北宋末期著名的词人。周邦彦精通音律，曾创作不少新词调。作品多写闺情、羁旅，也有咏物之作。作品在婉约词人中长期被尊为"正宗"。旧时词论称他为"词家之冠"或"词中老杜"，是公认"负一代词名"的词人，在宋代影响甚大。有《清真居士集》，已佚，今存《片玉集》。

译 文

幽怨的情怀无所寄托，哀叹情人天涯远隔，音书渺茫无着落。纵使有妙手，能解开连环一般感情中的种种烦恼疑惑，但在两人的感情云散雨收之后，还是会残留下轻雾薄云一般淡淡的情谊和思念。佳人居住的燕子楼已在空舍，灰暗的尘埃封锁了，满床的琵琶琴瑟。楼前花圃根叶全已移栽换过，往日全是她亲手所种的红芍药香艳灼灼。

江中的沙洲渐渐长了杜若。料想她沿着变曲的河岸划动小舟，人儿在天涯海角漂泊。空记得，当时情话绵绵，还有音书寄我，而今那些闲言闲语令我睹物愁苦，倒不如待我全都烧成赤灰末。春天又回到水边驿舍，希望她还能寄我，一枝江南的梅萼。我不惜一切对着花，对着酒，为她伤心流泪。

┌─────────────┐
│ 赏析 │
└─────────────┘

此词是寻访情人旧居抒写怨情之词。词上片由今及昔，再由昔而今，写去昔日聚会的燕子楼不见伊人的怅惘。下片由对方而己方，再写己方期待对方，对伊人的怀念和矢志不移的忠贞。词以曲折细腻的笔触，婉转反复地抒写了词人对于昔日情人无限缱绻的相思之情。全词直抒情怀，一波三折，委曲回宕，情思悲切，悱恻缠绵。

瑞鹤仙·悄郊原带郭

【宋】周邦彦

悄郊原带郭，行路永，客去车尘漠漠。斜阳映山落，敛余红①、犹恋孤城阑角②。凌波步弱，过短亭③、何用素约④。有流莺⑤劝我，重解绣鞍，缓引春酌⑥。

不记归时早暮，上马谁扶，醒眠朱阁。惊飙⑦动幕，扶残醉，绕红药。叹西园、已是花深无地，东风何事又恶？任流光过却，犹喜洞天⑧自乐。

【注　释】

①余红：指落日斜晖。
②阑角：城楼上栏杆一角。
③短亭：古时于城外五里处设短亭，十里处设长亭，供行人休息。
④素约：先前约定。
⑤流莺：即莺。流，形容其声音婉转，比喻女子声音柔软。
⑥缓引春酌：慢饮春酒。
⑦惊飙：狂风。
⑧洞天：洞中别有天地之意，道家称神仙所居之地为"洞天"，有王羉山等十大洞天、泰山等三十六洞天之说。此处喻自家小天地。

译 文

郊外的原野挨着城郭舒展开去。长路漫漫，客人已乘车离去，留下一溜迷茫的尘烟。一片寂静落寞。夕阳映照着远山徐徐落下，却迟迟不忍收去它那最后一抹的余红，犹如恋恋难舍城楼上那一角栏杆。陪我同去送客的歌伎一路上步态轻盈，这时也感到劳顿，于是来到短亭歇息，不期然竟遇到了我相好的情人。真是有情人何须事前相约。她劝我下马，重解绣鞍，再喝上几杯春酒。她那圆柔悦耳的嗓音、温情体贴的劝说，让我十分舒心。

醒来时发现自己已睡在红楼里，不是正在短亭里与情人饮酒吗？是什么时候回来的，是昨晚还是今晨？又是谁扶我上马鞍？我竟然全记不得了。忽然一阵疾风，吹得帘幕飘飞翻动。我带着醉意，急匆匆来到西园，扶起吹倒的芍药，绕着红花长叹，叹我西园已是败花满地，这凶残的东风为何又如此作恶？罢，罢，罢，任凭春光如水般流逝吧，尚可欣喜的是我还有一个洞天福地，还能自得其乐。

〔赏析〕

红药：即红芍药花，不仅是名花，而且根可供药用。它的作用具有养血活血调经，柔肝止痛，敛阴止汗。可以治疗月经不调，淤血性疾病或者是疼痛类的疾病。

这首词描写作者偶遇旧时相知的伤感之情。表现词人向往神仙自在境界的意绪。此词据周邦彦说是"梦中得句"，并将此词与方腊起义联系起来。当时词人为躲避起义，东奔西避，但词中并无一语对起义的微词，尾句竟唱出"任流光过却，犹喜洞天自乐"的轻快之调，反映词人晚年对朝廷时局的不满与出世之愿。

苏幕遮·燎沉香

【宋】周邦彦

燎沉香①，消溽暑。鸟雀呼晴②，侵晓窥檐语。叶上初阳干宿雨，水面清圆，一一风荷举③。

故乡遥，何日去？家住吴门④，久作长安⑤旅。五月渔郎相忆否？小楫轻舟，梦入芙蓉浦⑥。

【注 释】

①沉香：一种名贵香料，置水中则下沉，故又名沉水香，其香味可辟恶气。
②呼晴：唤晴。旧有鸟鸣可占晴雨之说。
③风荷举：意味荷叶迎着晨风，每一片荷叶都挺出水面。举，擎起。
④吴门：古吴县城亦称吴门，即今之江苏苏州，此处以吴门泛指江南一带。作者乃江南钱塘人。
⑤长安：原指今西安，唐以前此地久作都城，故后世每借指京都。词中借指汴京，今河南开封。
⑥芙蓉浦：有荷花的水边。有溪涧可通的荷花塘。词中指杭州西湖。浦，水湾、河流。芙蓉，又叫"芙蕖"，荷花的别称。

【译 文】

焚烧沉香，来消除夏天闷热潮湿的暑气。鸟雀鸣叫呼唤着晴天，拂晓时分我偷偷听它们在屋檐下窃窃私语。初出的阳光晒干了荷叶上昨夜的雨滴，水面上的荷花清润圆正，微风吹过，荷叶一团团地舞动起来。

想到那遥远的故乡，什么时候才能回去啊？我家本在江南一带，却长久地客居长安。又到五月，不知家乡的朋友是否也在思念我？在梦中，我划着一叶小舟，又闯入那西湖的荷花塘中。

赏析

此词主要抒写词人的思乡之情。词中主人公由眼前的荷花想到故乡的荷花，而向荷花娓娓道出游子浓浓的思乡情，构思尤为巧妙别致。上片主要描绘荷花姿态，下片由荷花梦回故乡。全词写景、写人、写情、写梦皆语出天然，不加雕饰而风情万种，通过对清圆的荷叶、五月的江南、渔郎的轻舟这些情景进行虚实变幻的描写，将思乡之苦表达得淋漓尽致。

绣鸾凤花犯·赋水仙

【宋】周密

楚江湄①，湘娥②乍见，无言洒清泪。淡然春意。空独倚东风，芳思谁寄。凌波路冷秋无际，香云随步起。谩记得、汉宫仙掌③，亭亭明月底。

冰弦④写怨更多情，骚人恨，枉赋芳兰幽芷⑤。春思远，谁叹赏、国香⑥风味。相将共、岁寒伴侣，小窗净、沉烟熏翠袂⑦。幽梦觉，涓涓清露，一枝灯影里。

【注 释】

①楚江：楚地之江河，此处应指湘江。湄：河岸，水与草交接的地方。
②湘娥：湘水女神湘妃，舜二妃娥皇、女英。相传二妃没于湘水，遂为湘水之神。此处喻水仙花。
③汉宫仙掌：汉武帝刘彻曾在建章宫前造神明台，上铸铜柱、铜仙人，手托承露盘以储甘露。
④冰弦：指筝。此处喻水仙。
⑤芷（zhǐ）：草本植物，开白花，有香气。以根入药，有祛病除湿、排脓生肌、活血止痛等功能。主治风寒感冒、头痛、鼻炎、牙痛、赤白带下、痛疖肿毒等症。
⑥国香：指极香的花，一般指兰、梅等。亦用于赞扬人的品德。此指水仙。
⑦翠袂（mèi）：喻水仙叶。

作者名片

周密（1232—1298），字公谨，号草窗，又号四水潜夫、弁阳老人、华不注山人，南宋词人、文学家。他的诗文都有成就，又能诗画音律，尤好藏弄校书，一生著述较丰。著有《齐东野语》《武林旧事》《癸辛杂识》《志雅堂要杂钞》等杂著数十种。其词远祖清真，近法姜夔，风格清雅秀润，与吴文英并称"二窗"，词集名《𬞟洲渔笛谱》《草窗词》。

译 文

这水仙花，就是潇湘妃子无疑。我初见时，她在江边伫立，默默无语，清泪滴滴。她那淡淡的春意，似有缕缕的哀思。她自个儿在东风里摇曳，满腔春情向谁寄？她步履轻盈地走来，带着萧瑟冷寂的秋意。只要是她经过的地方，便有袅袅清香飘起。曾记得汉宫里，那金铜仙人捧着承露盘，亭亭玉立在明月底。

琵琶吟怨更多情，它能道尽水仙的幽怨无极。诗人枉自赞美芳香幽雅的兰芷，却不把高洁的水仙提及。有谁叹赏她的国香风味？谁能理解她的邈远幽思？我将与她相伴相依，共同度过严寒的冬日。明净的小窗里，我为她燃起沉香熏素衣。每当幽梦醒来，见她一身清露涓涓滴，娉娉婷婷在灯影里。

赏析

这是一首咏水仙的词，上片主要描写水仙的绰约风姿，抒发了作者的怅惘之情，下片暂离水仙本身，主要抒写由水仙引发的联想，赞美水仙国色多情甘受寂寞的高洁，整首词抒情婉转轻灵、淡雅清幽，引事用典十分贴切，又注意到处处照应。

临江仙·信州①作

【宋】晁补之

谪宦江城②无屋买，残僧③野寺相依。松间药臼竹间衣。水穷行到处，云起坐看时。

一个幽禽缘底事④，苦来醉耳边啼？月斜西院愈声悲。青山无限好？犹道不如归⑤。

【注　释】

①信州：今江西上饶。
②江城：即信州，因处江边，故称。
③残僧：老僧。
④幽禽：指杜鹃。缘底事：为什么。
⑤不如归：杜鹃鸣声悲切，如呼"不如归去"。

作者名片

晁补之（1053—1110），字无咎，号归来子，济州巨野（今属山东）人，北宋诗人、词人。元丰年间进士。曾任吏部员外郎、礼部郎中、兼国史编修等职。十七岁时至杭州，著有《钱塘七述》，为苏轼所称道。与黄庭坚、张耒、秦观并称"苏门四学士"。散文流畅，亦工诗词。有《鸡肋集》《晁氏琴趣外篇》。

译　文

被贬来到江城买不起房屋，只能与仅存的几个和尚在野外的寺庙里相依。在松林捣药竹林中挂放长衣，来到水源穷尽处，坐而远眺白云涌起时。

一只幽栖的鸟儿为什么在我这醉汉耳边苦苦悲啼？月向院西斜移而鸟鸣之声更悲切。青山虽然无限好，但杜鹃鸟还是说"不如归去"。

赏析

  词中表现出一种谪居异乡的苦闷和厌弃官场而向往故里的情感。上片描写谪居生活情形，写出自己寂寞凄清的心境。下片写思归之情，借杜鹃苦啼，写人彻夜不眠，最后点出欲归之意。全词意境凄清幽冷，情感深沉。

疏影·咏荷叶

【宋】张炎

  碧圆①自洁。向浅洲远渚，亭亭清绝。犹有遗簪②，不展秋心，能卷几多炎热。鸳鸯密语同倾盖③，且莫与、浣纱人说。恐怨歌④、忽断花风⑤，碎却翠云千叠⑥。

  回首当年汉舞⑦，怕飞去、谩皱留仙裙折。恋恋青衫，犹染枯香，还叹鬓丝飘雪。盘心清露如铅水⑧，又一夜、西风吹折。喜静看、匹练秋光，倒泻半湖明月。

【注　释】

①碧圆：指荷叶。

②遗簪：指刚出水面尚未展开的嫩荷叶。未展叶之荷叶芽尖，似绿簪。

③倾盖：二车相邻，车盖相交接，表示一见如故。

④怨歌：喻秋声。

⑤花风：花信风，应花期而来的风。

⑥翠云千叠：指荷叶堆叠如云的样子。

⑦汉舞：指汉赵飞燕能在掌中起舞。

⑧盘心清露如铅水：喻荷叶带水。

作者名片

张炎（1248—1320），字叔夏，号玉田，晚年号乐笑翁。祖籍陕西凤翔。六世祖张俊，宋朝著名将领。父张枢，"西湖吟社"重要成员，妙解音律，与著名词人周密相交。著有《山中白云词》，存词302首。张炎另一重要的贡献在于创作了中国最早的词论专著《词源》，总结整理了宋末雅词一派的主要艺术思想与成就，其中以"清空""骚雅"为主要主张。

译　文

碧绿的圆荷天生净洁，向着清浅的沙洲，遥远的水边，它亭亭摇曳，清姿妙绝。还有水面刚刚冒出的卷得纤细的荷叶像美人坠落的玉簪，抱着一片素洁的心田，能将多少炎热卷掩？两片伞盖状的荷叶像成双鸳鸯一见如故亲密私语，且不要，向浣纱的美女说起。只恐怕花风忽然吹断哀怨的歌吟，将荷丛搅碎像千叠翠云。

回首当年汉宫里起舞翩翩，天子怕大风吹走舞袖飘扬的赵飞燕，叫人胡乱扯皱了舞裙，自此带褶皱的"留仙裙"就在后世流传。叫我念念不舍的青衫，还沾染着枯荷的余香，还叹息着鬓丝如白雪飘散。绿盘心中盈聚着清晶露珠，像金铜仙人的清泪点点，又是一夜西风将它吹断。我喜欢观看，明月洒下澄净的飞光，如白色的匹练，倒泻入半个湖面。

〔赏析〕

本篇为咏荷抒怀之作。全词咏物而不滞于物，字面上处处写荷叶，但又时时能感受到作者对人生的感叹。全词色彩鲜明，清丽流畅，洋溢着积极乐观的情绪。通过咏叹荷叶的高洁自持，取其出淤泥而不染的品性，隐喻着词人洁身自好的情志。上片写荷叶神态，下片叹自己已发如白雪，不禁心生怅惘，但又幸有如荷叶的心灵，能够欣赏流泻如练的月光。结尾三句写荷池整体画面，相融相汇，空明宏丽。

沁园春·寒食郓州^①道中

【宋】谢枋得

十五年来，逢寒食节，皆在天涯。叹雨濡露润，还思宰柏^②，风柔日媚，羞看飞花。麦饭纸钱，只鸡斗酒^③，几误林间噪喜鸦。天笑道，此不由乎我，也不由他。

鼎中炼熟丹砂。把紫府清都^④作一家。想前人鹤驭，常游绛阙^⑤，浮生蝉蜕，岂恋黄沙^⑥。帝命守坟，王令修墓，男子正当如是邪。又何必，待过家上冢^⑦，书锦荣华。

【注 释】

①郓（yùn）州：北宋州名，治所须城，即今山东东平。这里用北宋旧名，以示不忘故国。
②宰柏：坟墓上的柏树，又称宰树、宰木。
③只鸡斗酒：均指祭品。
④紫府清都：道家称仙人居住之地为紫府；清都，指天帝所居的宫。
⑤绛阙：指神仙宫阙。
⑥黄沙：意指尘埃浊世。
⑦过家上冢：回家乡上坟。此处非泛说，而是特指奉皇帝之命回家祭告先祖，显示皇帝的恩宠。

作者名片

谢枋得（1226—1289），字君直，号叠山，别号依斋，江西信州弋阳人，南宋进士，担任六部侍郎，聪明过人，文章奇绝；学通"六经"，淹贯百家，带领义军在江东抗元，被俘不屈，在北京殉国，作品收录在《叠山集》。

译 文

十五年来，每逢寒食节，都是远离家乡，漂泊在天涯。在下雨的天气里，思念着坟墓上的柏树；在风和日丽的天气里，却又羞于见到飞花。寒食节自己不能供奉麦饭、纸钱、鸡和酒祭扫祖茔，林间的喜鹊乌鸦也空等了！老天笑道：这不是因为我，也不是因为元军的入侵。

自己早已深思熟虑，胸有成竹，如同鼎中丹砂炼熟，随时可以升天，以紫府清都仙界为家了。想以前仙人驾鹤常游于天上的绛阙；世俗之身如同蝉蜕壳一样被丢弃，岂能留恋于尘埃浊世？帝王命臣子守坟、修葺墓园，男子应当这样报效君王。又何必等到回家上坟，如同白天衣锦还乡一样显示荣华！

〔赏析〕

该词上片感慨自己飘零天涯，十五年来不能祭扫祖茔，曲折地表达了对元朝统治者的怨愤。下片宕开一笔，借道家之说表达以死报国的壮志，以及不屈仕于元人的民族气节。全词慷慨悲歌催人泪下，词人注重心理刻画，很有感染力，具有很高的思想境界和艺术魅力。

春日郊外

【宋】唐庚

城中未省①有春光，城外榆槐已半黄②。
山好更宜余积雪，水生③看欲倒垂杨④。
莺边日暖如人语⑤，草际风来作药香。
疑此江头有佳句⑥，为君寻取却茫茫。

【注释】

①未省（xǐng）：还没知道。省，这里是"省察、领悟"之意。
②黄：鹅黄色，指榆树、槐树新芽的娇嫩。
③水生：水涨。

④倒垂杨：映出杨柳的倒影。

⑤莺边日暖如人语：这句为倒装句，原序为"日边莺暖语如人"。天气暖和，黄莺骄吟，其声如人亲切交谈。

⑥佳句：好的诗句。

作者名片

　　唐庚（1070—1120），字子西，眉州丹棱唐河乡（今属四川省眉山市丹棱县）人，北宋诗人、文学家。其父唐淹，著名经学大师，授业数百人，号鲁国先生。唐庚与苏轼是小同乡，贬所又同为惠州，兼之文采风流，当时有"小东坡"之称。但唐庚为诗，重推敲锤炼，近于苦吟，与苏轼的放笔快意不同。其诗简练精悍，工于属对，巧于用事，且多新意，不沿袭前人。

译　文

　　住在城里，还丝毫没能感受到春光；今天漫步郊外，惊喜地发现，原来榆树槐树早已抽芽，半绿半黄。远处的青山婀娜多姿，我更喜爱它那峰顶还留存着皑皑白雪；池塘的水渐渐上涨，倒映出岸边的垂杨。天气暖和，黄莺骄吟，其声如人亲切交谈；微风从草地吹来，夹杂着阵阵药香。我怀疑这景中藏有美妙的诗句，刚想为你们拈出，忽然又感到迷蒙茫然。

赏析

　　此诗首联从树色泛黄的细微变化中来描写早春的到来；中间两联对仗十分精彩，赋予春水以人的活力，自然诗趣盎然，黄莺暖语、风送药香的独特感受写得很有诗味，使有色有声的郊外早春景象有了芳馨的气息。尾联道出创作中常见的一种奇特现象，就是许多诗人面对名山胜景，想写诗填词，却束手无策，留下无穷的遗恨。整首诗格律严谨，简淡而富有风致。在句法上，有平叙，有拗折，充分显示了作者锤炼布局之工。

小重山·柳暗花明春事深

【宋】章良能

柳暗花明春事①深。小阑红芍药，已抽簪②。雨余风软碎鸣禽③。迟迟④日，犹带一分阴⑤。

往事莫沉吟⑥。身闲时序好，且登临⑦。旧游⑧无处不堪寻。无寻处，惟有少年心。

【注 释】

①春事：春色，春意。
②簪：妇女插鬓的针形首饰，这里形容纤细的花芽。
③风软碎鸣禽：用杜荀鹤《春宫怨》"风暖鸟声碎"的诗句。碎，鸟鸣声细碎。
④迟迟：和缓的样子。
⑤一分阴：天上少许乌云，一点点阴。
⑥沉吟：深深的思念
⑦登临：登山临水。也指游览。
⑧旧游：昔日游览的地方。

【译 文】

柳色春花明丽清新，春意已深。小花栏里的红芍药，已经露出了尖尖的小小花苞，如同美人头上的美丽饰物。雨后的春风，更显得温柔轻盈，到处响着各种鸟雀婉转的迎接春天的歌声。太阳缓缓升起，晴空中尚有一点乌云。

以往的事情，再也不必回顾思索。趁着美好的春景，赶快去大好河山好好游览。旧日游玩过的迹印，如今处处都可找寻。但无处可寻的，就是一颗少年时的心。

赏析

这首词所写的，可能并非词人日常家居的情景，似乎是在他乡做官多年，终于久游归来，或者少年时曾在某地生活过，而此时又亲至其地，重寻旧迹。词的上片写春深雨后的环境气氛，切合人到中年后复杂的心境意绪，它令人赏心悦目，也容易惹起人感恨。换头"往事莫沉吟"，对于上片写景来说，宕出很远。而次句"身闲时序好"，又转过来承接了上片关于景物时序的描写，把对于往事的沉吟排遣开了。过去的人生轨迹虽然还能找到，但少年时代那种天真烂漫的活泼之心已无法找到，找得到的东西反而增添了找不到东西的怅惘之情，使读者也不免感慨万分。词就这样一次次地铺展开来，又一次次地收转回来，使本词既有气势，又把作者通过写词表达的衷情逐步深化了。

摊破浣溪沙·病起萧萧两鬓华

【宋】李清照

病起萧萧①两鬓华，卧看残月上窗纱。豆蔻连梢煎熟水②，莫分茶③。

枕上诗书闲处好，门前风景雨来佳。终日向人多酝藉④，木犀花⑤。

【注 释】

①萧萧：这里形容鬓发花白稀疏的样子。
②豆蔻：药物名。熟水：当时的一种药用饮料。
③分茶：一种巧妙高雅的茶戏。其方法是用茶匙取茶汤分别注入盏中饮食。
④酝藉：宽和有涵容。
⑤木犀花：桂花。

作者名片

　　李清照（1084—1155），号易安居士，齐州济南（今山东省济南市章丘区）人。宋代女词人，婉约词派代表，有"千古第一才女"之称。所作词，前期多写其悠闲生活，后期多悲叹身世，情调感伤。有《李易安集》《易安居士文集》《易安词》，已散佚。后人辑有《漱玉集》《漱玉词》。今有《李清照集》辑本。

译　文

　　两鬓已经稀疏病后又添白发了，卧在床榻上看着残月照在窗纱上。将豆蔻煎成沸腾的汤水，不用强打精神分茶而食。

　　靠在枕上读书是多么闲适，门前的景色在雨中更佳。整日陪伴着我的，只有那深沉含蓄的木犀花。

赏析

　　这首词创作于作者的晚年，是一首抒情词，主要写她病后的生活情状，委婉动人。词中所述多为寻常之事、自然之情，淡淡推出，却起扣人心弦之效。

　　"病起萧萧两鬓华"，本句系相对病前而言，因为大病，头发白了许多，而且掉了不少。下面接着写了看月与煎药。因为病还没有全好，又在夜里，作者做不了什么事，只好休息，卧着看月。以豆蔻熟水为饮，即含有以药代茶之意。这又与首句呼应。人儿斜卧，缺月初上，室中飘散缕缕清香，一派闲静气氛。

　　下片写白日消闲情事。观书、散诗、赏景，确实是大病初起的人消磨时光的最好办法。"闲处好"一是说这样看书只能闲暇无事才能如此；一是说闲时也只能看点闲书，看时也很随便，消遣而已。对一个成天闲散家的人说来，偶然下一次雨，那雨中的景致，却也较平时别有一种情趣。末句将木犀拟人化，结得隽永有致。本来是自己终日看花，却说花终日"向人"，把木犀写得非常多情，同时也表达了作者对木犀的喜爱，见出她终日都把它观赏。

双调忆王孙·赏荷

【宋】李清照

湖上风来波浩渺①。秋已暮②、红稀香少③。水光山色与人亲，说不尽、无穷好。

莲子已成荷叶老。青露洗、蘋④花汀草。眠沙鸥鹭⑤不回头，似也恨、人归早。

【注 释】

①浩渺：形容湖面空阔无边。
②秋已暮：秋时已尽。
③红、香：以颜色、气味指代花。
④蘋：亦称田字草，多年生浅水草本蕨类植物。
⑤眠沙鸥鹭：眠伏在沙滩上的水鸟。

译 文

微风轻拂着湖水，更觉得波光浩渺，正是深秋的时候，红花叶凋，芳香淡薄。水光山色与人亲近，唉！我也说不清这无比的美好。

莲子已经成熟，莲叶也已衰老，清晨的露水，洗涤着水中蘋花，汀上水草。眠伏沙滩的水鸟也不回头，似乎怨恨人们归去得太早。

〔赏析〕

　　此词记写秋天郊游，上片写观赏秋景的喜悦，下片写归去的依恋，展现出一幅清新广阔的秋日湖上风景图。词人不仅赋予大自然以静态的美，更赋予其生命和感情，显示出词人不同凡俗的情趣与襟怀。全词造景清新别致，描写细密传神，巧妙运用拟人化手法，写出了物我交融的深秋美意，达到了物我两忘、融情于景的文学境界。

摊破浣溪沙·揉破黄金万点轻

【宋】李清照

　　揉破黄金万点轻①。剪成碧玉叶层层②。风度精神如彦辅，大鲜明。

　　梅蕊重重何俗甚③，丁香千结苦粗生。熏透④愁人千里梦，却无情。

【注　释】

①揉破黄金万点轻：形容桂花色彩的星星点点。
②剪成碧玉叶层层：桂叶层层有如用碧玉裁制而成。
③何俗甚：俗不可耐。
④熏透：即被桂花香熏醒。

【译　文】

　　桂花它那金光灿烂的色彩和碧玉一般如刀裁似的层层绿叶，其"风度精神"就像晋代名士王衍和乐广一样风流飘逸，名重于时。

　　梅花只注重外形，它那重重叠叠的花瓣儿，就像一个只会梳妆打扮的女子使人感到很俗气。丁香花簇簇拥结在一起显得太小气，一点也不舒展。桂花的浓香把我从怀念故人和过去的梦中熏醒，不让我怀念过去，这是不是太无情了？

赏析

桂花，中药名。具有温肺化饮、散寒止痛之功效。用于痰饮咳喘、脘腹冷痛、肠风血痢、经闭痛经、寒疝腹痛、牙痛、口臭。

该词上片侧重正面描写桂花质地之美，从形到神、由表及里，表现出贵而不俗、月朗风清的神韵，重在精神气质；下片则运用对比手法，进一步衬托桂花的高雅，重在随感，带有较为浓郁的主观感受。上下合璧，借花抒情，便成了一篇回味无穷的小调。

添字丑奴儿·窗前谁种芭蕉树

【宋】李清照

窗前谁种芭蕉树，阴满中庭①。阴满中庭。叶叶心心，舒卷②有余清。

伤心枕上三更雨，点滴霖霪③。点滴霖霪。愁损北人，不惯起来听。

【注 释】

①中庭：庭院里。
②舒卷：一作"舒展"，在此可一词两用，舒，以状蕉叶；卷，以状蕉心。
③霖霪：本为久雨，此处指接连不断的雨声。

译 文

不知是谁在窗前种下的芭蕉树，一片浓阴，遮盖了整个院落。叶片和不断伸展的叶心相互依恋，一张张，一面面，遮蔽了庭院。

满怀愁情，无法入睡，偏偏又在三更时分下起了雨，点点滴滴，响个不停。雨声淅沥，不停敲打着我的心扉。我听不惯，于是披衣起床。

赏析

此词从视觉和听觉两个方面来描绘芭蕉的形象，不仅准确地勾勒出芭蕉的本质特性，而且蕴含着巨大的情感力量。上片从视觉入手，生动地写出芭蕉的树荫遮满中庭，叶片舒展，蕉心卷缩的景象；下片从听觉入手，写夜雨打在芭蕉上，声声入耳，使本来就辗转不眠的词人更加愁伤。全词篇幅虽短，但意境含蓄蕴藉，语言明白晓畅，韵律参差错落，手法多样，运笔轻灵，情思沉切，体现出李清照的词作语新意隽、顿挫有致的特点。

清平乐·年年雪里

【宋】李清照

年年雪里，常插梅花醉。挼①尽梅花无好意，赢得满衣清泪。

今年海角天涯②，萧萧两鬓生华。看取③晚来风势，故应难看梅花。

【注　释】

①挼（ruó）：揉搓。
②海角天涯：犹天涯海角。本指僻远之地，这里当指临安。
③看取：观察的意思。

译　文

小时候每年下雪，我常常会沉醉在插梅和赏梅的兴致中。后来虽然梅枝在手，却无好心情去赏玩，只是漫不经心地揉搓着，不知不觉泪水沾满了衣裳。

今年又到梅花开放的时候，我却漂泊天涯，两鬓稀疏的头发也已斑白。看着那晚来的风吹着开放的梅花，大概也难见它的绚烂了。

赏析

这是一首赏梅词作，也是词人对自己一生早、中、晚三期带有总结性的追忆之作。此词借不同时期的赏梅感受写出了词人个人的心路历程。词人截取早年、中年、晚年三个不同时期赏梅的典型画面，深刻地表现了自己早年的欢乐、中年的悲戚、晚年的沦落，对自己一生的哀乐做了形象的概括与总结。全词词意含蓄蕴藉，感情悲切哀婉，以赏梅寄寓自己的今苦之感和永国之忧，感慨深沉。

澡兰香·淮安重午

【宋】吴文英

盘丝系腕，巧篆垂簪，玉隐绀纱睡觉。银瓶露井，彩箑云窗，往事少年依约。为当时曾写榴裙①，伤心红绡褪萼②。黍梦光阴，渐老汀洲烟箬③。

莫唱江南古调，怨抑难招，楚江沉魄。薰风燕乳，暗雨梅黄，午镜④澡兰帘幕。念秦楼⑤也拟人归，应剪菖蒲自酌。但怅望、一缕新蟾，随人天角。

【注　释】

①写榴裙：是指在红色裙上写字。
②红绡退萼（è）：石榴花瓣落后留下花萼。
③烟蒻（ruò）：柔弱蒲草。
④午镜：盆水如镜。
⑤秦楼：秦穆公女弄玉，与萧史吹箫引凤，穆公为之筑凤台，后遂传为秦楼。

作者名片

吴文英（约1200—1260），字君特，号梦窗，晚年又号觉翁，四明（今浙江宁波）人，南宋词人。吴文英作为南宋词坛大家，在词坛流派的开创和发展上，有比较高的地位，流传下来的词达340首，对后世词坛有较大的影响。

译　文

情人手腕上系着五色丝线，篆文书写的咒语符箓戴在头上，以避邪驱疫。在天青色纱帐中，她睡得格外香甜。在庭院中花树下摆好酒宴，在窗前轻摇彩扇，当歌对饮，往日的美景历历在目。当时曾在她的石榴裙上题诗写词，今天窗外的石榴已经凋残，曾经的欢乐已逝，光阴似箭，沙洲上柔嫩的蒲草在风中摇曳，茫茫如一片青烟。

请不要再唱江南的古曲，那幽怨悲抑的哀曲，怎能安慰屈子的沉冤？春风和煦中燕子已生小燕，连绵细雨中梅子已渐渐黄圆。正午的骄阳正烈，美人是否也在幕帘中沐浴香兰？想她一定会回到绣楼，剪下菖蒲浸酒，自饮自怜。怅望中我仰望苍空，看那一弯新月冉冉升起，那清淡的月光伴随着我，来到这海角天边。

赏析

这是一首咏端阳节的节序词。开头三句描写一位在青罗旅中的女子，臂上系有五色丝，令词人想起少年时代的一段恋情。只因当年曾在恋人石榴裙上题诗，此时却早已花残红褪，令人无限悲伤。下片开头三句，缅怀屈原，包含着词人对于时势的愤懑之情。全词组织得条理分明，情与事、情与物、情与节令风俗处处融汇胶着，诉尽佳节怀人的衷肠。

道间即事

【宋】黄公度

花枝已尽莺将老，桑叶渐稀蚕欲眠。

半湿半晴梅雨道，乍寒乍暖麦秋①天。

村垆沽酒谁能择，邮②壁题诗尽偶然。

方寸怡怡③无一事，粗裘粝食地行仙④。

【注　释】

①麦秋：麦收，粮食成熟为秋。
②邮：驿站，旅舍。
③方寸：指心。怡怡：和悦顺从。
④粗裘（qiú）：粗布衣服。粝（lì）食：粗米饭。地行仙：原是佛典中记载的长寿佛，后指人间安乐长寿的人。

作者名片

黄公度（1109—1156），字师宪，号知稼翁，莆田（今属福建）人，南宋词人。著有《知稼翁集》十一卷，《知稼翁词》一卷。黄公度工词善文，其咏梅词有好几首，盖是欣美梅傲雪凌霜之高洁品性故也。公度作品多运用朴词造感人之深境，可谓深得"词浅意深"之妙，艺术造诣很高。代表作有《菩萨蛮》《卜算子》《浣溪沙》《一剪梅》《千秋岁》《眼儿媚》《朝中措》等。

译 文

　　枝头的花已经开败，莺啼的声音也渐渐稀残；桑树上叶子渐渐稀疏，蚕也作茧三眠。梅雨的道路总是忽干忽湿，麦收时节天气常常乍暖乍寒。我在小村的酒店停下，喝着薄酒，没有选择的余地；在旅店的墙上题诗，也只是偶然。只要心境怡然，全然没有尘俗杂事；即使天天粗衣淡饭，也悠闲自乐宛如神仙。

［赏析］

　　这是一首纪行述怀之作。诗写旅途所见，刻画了江南初夏的田园风光，描述了恬淡闲适的行旅生活，通过景物的描写，抒发自己闲适容与的心情及随遇而安的处世观，每联以两句分写两个侧面，合成一层意思，相互衬托，得体物抒情的真趣。

　　上两联写景，突出了时令特征，而且用对偶句式，把各种物象组合在一起，互相衬托，像电影中的"叠印"镜头，将江南乡村的初夏景色刻画得鲜明生动。作者还把养蚕和麦收等农事活动摄入诗中，不仅丰富了季节感，同时也增添了浓郁的生活气息。

　　下两联转入叙事抒怀。诗人在梅雨时节赶路，已见羁旅行役之苦。走累了，也只能在乡村酒店歇歇脚，饮几杯水酒解解乏，更显出沉滞下僚、仕途奔波之艰辛。"谁能择"一句反问，深化了意境，隐隐露出失意情怀。逆旅生活的另一侧面也反映了诗人随遇而安、恬然自适的心境。在邮馆客舍的墙壁上，即兴题诗，把偶然的感受信手写出，只不过是为了排遣旅途的寂寞，消除心头的郁闷。旅人皆然，己亦如是。"尽偶然"与"谁能择"相对应，用全称判断加强语势，蕴含着不得不随俗浮沉与时俯仰的衷曲。

尾联笔意洒脱，诗人决心丢开烦恼，以旷达求解脱。"怡怡"一词，用意精到。诗人仕途坎坷，生活清苦，但还有"粗裘粝食"，自然应无怨尤。结句以"地行仙"自喻。作者在尾联直抒胸臆，以作收煞，说自己虽然路途劳累，但心中怡然，不把得失萦绕胸中，穿着粗布衣服、吃着粗食，仍然恬淡无忧，犹如地行仙一样。

眼儿媚·愁云淡淡雨潇潇

【宋】石孝友

愁云淡淡雨潇潇，暮暮复朝朝。别来应是，眉峰①翠减②，腕玉③香销。

小轩独坐相思处，情绪好无聊。一丛萱草④，几竿修竹，数叶芭蕉。

【注 释】

①眉峰：源于"（卓）文君姣好，眉色如望远山"（《西京杂记》）。后言女子眉之美好。
②翠减：因为古代女子用黛画眉，黛色青黑。
③腕玉：即玉腕的倒置。
④萱草：又名谖草，谖就是忘的意思。

┃作者名片┃

石孝友（生卒年不详），南宋词人，字次仲，江西南昌人。宋孝宗乾道二年（1166）进士。填词常用俚俗之语，状写男女情爱。仕途不顺，不羡富贵，隐居于丘壑之间。石孝友著有《金谷遗音》，《直斋书录解题》著录一卷，明《唐宋名贤百家词》本作《金谷词》，不分卷。有明汲古阁《宋六十名家词》本、《四部备要》排印本。《全宋词》据毛扆校汲古阁本收录。

译 文

愁云淡淡，小雨淅淅沥沥，雨声日日夜夜传入耳畔，让人生愁。分别后你对我必然如此，像春山一样弯曲的眉毛翠色减淡，手腕上的香也淡了。

独坐在阁楼上，相思难遣，情绪好无聊。眼前只有一丛萱草，几竿竹子，几叶芭蕉而已。

〔赏析〕

这是一首写思人念远、孤寂无聊的小词。起两句十二个字，连用四叠字：云淡淡，知是疏云；雨潇潇，应是小雨。淡云无语，细雨有声，这淅淅沥沥的声音，暮暮朝朝一直传入人的耳畔，怎能不使人生愁？故开篇的一个字即云"愁"。叠字的连用，又加强了烘托气氛、渲染环境、状物抒情的作用，"别来应是"，语气十分肯定。由于是知己，心心相印，我既为你生愁，你对我必然如此。下片专从自己方面来叙相思。轩"小"而"独"，即使欲排遣愁绪也不可能，卧不安席，食不甘味，直逼出一句"情绪好无聊"。这句浅白直率，却是一句大实话。最后以缠绵不尽的相思作结，吟出："数叶芭蕉。"

眼儿媚·杨柳丝丝弄轻柔

【宋】王雱

杨柳丝丝弄轻柔①，烟缕织成愁。海棠未雨，梨花先雪，一半春休。

而今往事难重省②，归梦绕秦楼③。相思只在，丁香枝上，豆蔻梢头。

【注　释】

①弄轻柔：摆弄着柔软的柳丝。

②难重省：难以回忆。省：明白、记忆。

③秦楼：秦穆公女弄玉与其夫萧史所居之楼。此指王雱妻独居之所。

作者名片

王雱（1044—1076），字元泽，抚州临川县城盐埠岭（今江西省抚州市临川区邓家巷）人。北宋著名政治家、思想家、道家学者，宰相王安石之子，与王安礼、王安国并称为"临川三王"。年少聪敏，擅长作书论事，著有《论语解》《孟子注》《新经尚书》《新经诗义》《王元泽尔雅》《老子训传》《南华真经新传》《佛书义解》。

译　文

杨柳在风中摆动着柔软的柳丝，烟缕迷漾织进万千春愁。海棠的花瓣还未像雨点般坠落，梨花的白色花瓣已经如雪花般纷纷飘落。由此知道，原来春天已经过去一半了。

而今往事实在难以重忆，梦魂归绕你住过的闺楼。刻骨的相思如今只在那芬芳的丁香枝上，那美丽的豆蔻梢头。

[赏析]

丁香是常绿乔木，春开紫花或白花，可作香料。中医认为丁香味辛性温，归脾、胃、肺、肾经，具有温中降逆、补肾助阳的作用。常用于治疗脾胃虚寒、呃逆呕吐、食少吐泻、心腹冷痛、肾虚阳痿等病症。

豆蔻是草本植物，春日开花。同时豆蔻也是一种常见的中药，有行气温中、开胃消食等作用，可以治疗很多肠胃方面的病症，不过阴虚内热、胃火盛的人不适宜食用。

这首词触眼前之景，怀旧日之情，此词为王雱怀念妻子所作，表现了伤离的痛苦和不尽的深思。

端午即事

【宋】文天祥

五月五日午，赠我一枝艾。

故人①不可见，新知②万里外。

丹心照夙昔③，鬓发日已改。

我欲从灵均④，三湘隔辽海⑤。

【注 释】

①故人：古人，死者。

②新知：新结交的知己。

③丹心：指赤红炽热的心，一般以"碧血丹心"来形容为国尽忠的人。夙昔：指昔时，往日。

④灵均：形容土地美好而平坦，含有"原"字的意思。在这里指屈原。

⑤三湘：指沅湘、潇湘、资湘（或蒸湘），合称"三湘"。也可以指湖南一带。隔：间隔，距离。辽海：泛指辽河流域以东至海地区。

作者名片

文天祥（1236—1283），字履善，又字宋瑞，自号文山，浮休道人。汉族，吉州庐陵（今江西吉安）人，南宋末年政治家、文学家，抗元名臣，民族英雄，与陆秀夫、张世杰并称为"宋末三杰"。文天祥多有忠愤慷慨之文，其诗风至德祐年间后一变，气势豪放，允称诗史。他的著作经后人整理，被辑为《文山先生全集》。

译文

五月五日的端午节，你赠予了我一枝艾草。故去的人已看不见，新结交的朋友又在万里之外。往日一心只想为国尽忠的人，现在已经白发苍苍。我想要从屈原那里得到希望，只是三湘被辽海阻隔太过遥远。

赏析

文天祥德祐二年（1276）出使元军被扣，在镇江逃脱后，不幸的是又一度被谣言所诬陷。为了表明心志，他愤然写下了这首《端午即事》。

在诗中端午节欢愉的背后暗含着作者的一丝无奈，但是即使在这种境况中，他在内心深处仍然满怀着"丹心照夙昔"的壮志。这首诗塑造了一位像屈原一样为国难奔波却壮志不已的士大夫形象。

同儿辈赋未开海棠二首

【金】元好问

翠叶轻笼豆颗均^①，胭脂浓抹蜡痕新^②。
殷勤留著花梢露^③，滴下生红^④可惜春。

枝间新绿一重重^⑤，小蕾^⑥深藏数点红。
爱惜芳心莫轻吐^⑦，且教桃李闹春风^⑧。

【注 释】

①笼：笼罩。豆颗：形容海棠花苞一颗一颗像豆子一样。
②胭脂：指红色。蜡痕新：谓花苞光泽娇嫩。
③殷勤：情意深切。花梢：花蕾的尖端。
④生红：深红，指花瓣。
⑤一重重：一层又一层。形容新生的绿叶茂盛繁密。
⑥小蕾：指海棠花的花蕾。
⑦芳心：原指年轻女子的心。这里一语双关，一指海棠的花蕊，二指儿辈们的心。轻吐：
　轻易、随便地开放。
⑧且教：还是让。闹春风：在春天里争妍斗艳。

【作者名片】

　　元好问（1190—1257），字裕之，号遗山，世称遗山先生，太原秀容（今山西忻州）人，金朝末年至大蒙古国时期文学家、历史学家。元好问是宋金对峙时期北方文学的主要代表、文坛盟主，又是金元之际在文学上承前启后的桥梁，被尊为"北方文雄""一代文宗"。他擅作诗、文、词、曲。其中以诗作成就最高，其"丧乱诗"尤为有名；其词为金代一朝之冠，可与两宋名家媲美；其散曲虽传世不多，但在当时影响很大，有倡导之功。有《元遗山先生全集》《中州集》等作品传世。

译 文

被翠叶笼罩着的海棠花苞一颗一颗像豆子一样，是那么均匀；颜色就好像被涂抹上浓浓的胭脂，光泽娇嫩。我怀着满腔的情意，再三要留住花梢的露水；只怕它滴下花蕾的红艳，可惜了这片明媚的阳春。

海棠枝间新长出的绿叶层层叠叠的，小花蕾隐匿其间微微泛出些许的红色。一定要爱惜自己那芳香的心，不要轻易地盛开，姑且让桃花李花在春风中尽情绽放吧！

赏析

这组首诗描写海棠含苞待放时清新可人的风姿，文字浅易，含意隽永，构思精巧，耐人寻味，彩笔精绘，典丽朗润，纹理细密，色泽鲜艳，光彩灿然，格调高雅，韵味醇厚。

第一首先用工笔刻画海棠花苞的形态和色泽，写出海棠的娇艳可爱。再以移情法，写露水深情地停留在花蕾上，生怕滴下来消褪了海棠那红艳的美色，把春天赶跑了。表现了诗人珍惜美好事物的心情。

第二首借海棠花的开放，表达自己渴望美好的生活。从诗人所处的时代，以及对花开花落的感触，可以体会到诗人年迈而不能报国的惆怅心情。

双调·水仙花

【元】乔吉

天机织罢月梭闲，石壁高垂雪练①寒。冰丝带雨悬霄汉②，几千年晒未干。露华凉人怯衣单。似白虹饮涧③，玉龙下山④，晴雪飞滩⑤。

【注 释】

①雪练：像雪一样洁白的绢。
②霄汉：此指天空。
③似白虹饥涧：意为像白虹吞饮涧水一样。
④玉龙下山：喻瀑布从山顶奔流而下，如玉龙下山一般。
⑤晴雪飞滩：意为瀑布溅起的水花，像雪花一样，落在沙滩上。

作者名片

乔吉（约1280—1345），字梦符，号笙鹤翁，又号惺惺道人，太原（今属山西）人，元代杂剧家。乔吉一生怀才不遇，倾其精力创作散曲、杂剧。他的杂剧作品，见于《元曲选》《古名家杂剧》《柳枝集》等集中。散曲作品据《全元散曲》所辑存小令200余首，套曲11首。

译 文

天上的织机已经停止了编织，月梭儿闲在一旁。石壁上高高地垂下一条如雪的白练，闪着寒光。冰丝带着雨水，挂在天空中，晒了几千年了，都还没有晒干。晶莹的露珠冰凉冰凉在，人忽然觉得身上的衣服有些单薄。这瀑布啊，如白虹一头扎进涧中饮吸一般，像玉龙扑下山冈一样，又像晴天里的雪片在沙滩上飞舞。

赏析

水仙花，中药名。具有清心悦神、理气调经、解毒辟秽之功效。用于神疲头昏、月经不调、痈疾、疮肿。

这首诗运用比喻手法写瀑布之壮观，这首小令写瀑布能如此鲜明壮观，生动形象，原因之一是其比喻艺术极为高超。"雪练""冰丝""带雨""露华"是借喻，"白虹""玉龙""晴雪"是明喻。多角度、多层面的比喻，既描画出瀑布的动态，也写出它的静态，还写出它的色相。更为难得的是写出它流走飞动的神韵。由于多种比喻效果的产生，虽然曲中不见"瀑布"二字，但瀑布的奇观韵味却极为生动地表现出来。

齐天乐·蝉

【元】仇远

夕阳门巷荒城曲，清间早鸣秋树。薄翦绡衣，凉生鬓影①，独饮天边风露，朝朝暮暮。奈一度凄吟，一番凄楚。尚有残声，蓦然飞过别枝去。

齐宫往事谩省，行人犹与说，当时齐女②。雨歇空山，月笼古柳，仿佛旧曾听处。离情正苦。甚懒拂笺，倦拈③琴谱。满地霜红，浅莎寻蜕羽。

【注　释】

①鬓影：指鬓发的影子。
②齐女：蝉的别称，有齐女化蝉的故事。
③拈：用手指搓。

作者名片

仇远（1247—1326），字仁近，一字仁父，钱塘（今浙江杭州）人，因居余杭溪上之仇山，自号山村、山村民，人称山村先生，元代文学家、书法家。仇远生性雅淡，喜欢游历名山大川，每每寄情于诗句之中。有词集《无弦琴谱》，多是写景咏物之作。《稗史》一卷，是笔记小说，文字简洁，其中有些故事，笔调流畅，趣味横生。

译　文

返照夕阳，萧条门巷，地僻城荒；蝉鸣声凄清幽怨，从树上传出，使人秋意顿生。清秋时节，露冷风寒，可是它仍然穿着极薄的"绡衣"，呆立枝头，独自忍受着寒冷和空寂的煎熬。形容枯槁还要去饮风啜露，有谁能堪？只要尚有残声，不论何时何地，哀痛于心的蝉，不停地将心中的哀伤倾诉。悲鸣不能自已，痛苦又何堪。

齐宫已成过往云烟，但古老的故事仍不时地在人们的脑子里闪现，被人谈起。雨后空山，烟月古柳，又何处可觅踪迹。宋陵已毁，故国不堪回首，痛彻肺肝！拂冰笺、拈琴谱只能睹物思故。深秋时节霜风凄紧，红叶铺满地，情影杳然，只好寻觅秋蝉亡去前脱下的外壳，以寄托自己深长的情思。

[赏析]

　　这是一首借蝉咏情之词。故国之思，身世之痛和对当朝统治不满，都借本来不相及的蝉而咏出来。融化"齐女化蝉"的古老传说，巧连"蝉""人"，使词人一肚子难于诉说的对处境的不满托蝉来一股脑地倾吐出来，可谓意味极为深永。

朝天子·归隐

【元】汪元亨

　　长歌咏楚词①，细赓和杜诗，闲临写羲之②字。乱云堆里结茅茨，无意居朝市。珠履三千③，金钗十二④，朝承恩暮赐死。采商山紫芝⑤，理桐江钓丝⑥，毕罢了功名事。

【注　释】

①楚词：即楚辞，以屈原为代表的骚赋体文学。
②羲之：王羲之，东晋大书法家，尤擅行、草，有"书圣"之称。
③珠履三千：《史记·春申君列传》："春申君客三千余人，其上客皆蹑珠履。"
④金钗十二：白居易因牛僧孺相府中歌舞之伎甚多，在《答思黯（牛僧孺字）》诗中有"金钗十二行"之句。
⑤商山紫芝：商山在今陕西商县。秦朝有东园公等四名商山隐士服食紫芝，须眉皓白而得长寿，汉高祖召之不出，人称"商山四皓"。
⑥桐江钓丝：东汉高士严光拒绝光武帝的礼聘，隐居于富春江畔，垂钓自得。桐江，富春江严州至桐庐区段的别称。

作者名片

汪元亨（生卒年不详），字协贞，号云林，别号临川佚老，饶州（今江西鄱阳）人，元代文学家。元至正间出仕浙江省掾，后徙居常熟。官至尚书。代表作有《录鬼簿续编》《归田录》《警世》。

译　文

我时而用《楚辞》的体式放笔作歌，时而取来杜甫的诗作一首首步和，空闲时又把王羲之的书法细细临摹。在白云堆的深处，盖上几间草屋，无心去城市里居住。别看那些豪门贵府声势煊赫，蓄养着门客，排列着姬妾歌舞，他们早上刚得到君王的恩宠，晚上就遭到君王的杀戮。我要像商山四皓那样采芝调补，像严光那样垂钓自娱，再不把功名留顾。

赏析

汪元亨的《朝天子·归隐》共二十首，就体段来说，前人或名为"重头"，或称为"联章"。这里所抄录的是其第二首。前三句写其归隐的生活：不为衣食操心，不为名利劳神，有时"歌咏楚词"，有时"赓和杜诗"，有时"临写羲之字"。接下来的第四、五句，写其归隐的处所，兼表相关的主观意向。就处所来说，包括两层意思：一是其地理位置在远离"朝市"的"乱云堆里"的高山深处；二是其房舍的质量为简陋的"茅茨"。第六、七、八句，写其归隐的原因。这原因来自作者对历史人物命运的总结，是他在这一组诗中经常使用的音符。最后三句，写归隐的志向：要像"商山四皓"那样采紫芝于商山和严子陵那样理钓丝于桐江，彻底与功名事决裂，以渔樵生活终老。

到京师

【元】杨载

城雪初消荠菜①生，角门②深巷少人行。

柳梢听得黄鹂语，此是春来第一声。

【注 释】

①荠菜：地方上叫香荠，北方也叫白花菜、黑心菜，河南、湖北等地区叫荠荠菜，四川人叫"干油菜"，是一种人们喜爱的可食用野菜。

②角门：小的旁门。

作者名片

杨载（1271—1323），字仲弘，浦城（今福建浦城）人，元代中期著名诗人，与虞集、范梈、揭傒斯齐名，并称为"元诗四大家"。延祐二年进士，授承务郎，官至宁国路总管府推官。杨载文名颇大，文章以气为主，诗作含蓄，颇有新的意境。

译 文

京城大都的积雪刚刚消融完，几处丛生的荠菜已经破土而出；偏门出的偏僻小巷行人稀少。突然一声清脆的黄鹂叫声，从柳梢枝头传了下来；这是标志着春天来临的第一个声音啊！

〔赏析〕

该诗选用雪初消、荠菜生、少人行、黄鹂语等富有早春特色的意象，渲染早春的清寒和大地已开始显露勃勃生机，从中表达了诗人的苦闷心情，又表达了诗人因春天生机勃勃的景象而充满希望的心情。此诗笔调清新明快。"城雪初消荠菜生"

点出地点和时令。"角门深巷少人行"以环境的寂静落寞，说明诗人境况的冷落。然而，就在这寂寞寥落的偏僻小巷里，突然"柳梢听得黄鹂语"，一声清脆的鸟鸣，从柳梢枝头传了下来，打破了所有的沉寂。黄鹂本无情，此时却有语。"此是春来第一声"把诗人心中那种惊喜之情淋漓尽致地表达了出来。此诗所设之景无一不是诗人内心情感的流露，的确达到了"景中含意"。"景中含意"也就是情景交融。全诗语出自然，不假雕饰，表面景色清丽，内里情趣盎然，景情相与融合。

午日处州①禁竞渡

【明】汤显祖

独写菖蒲竹叶杯，蓬城②芳草踏初回。
情知不向瓯江③死，舟楫何劳吊屈来。

【注 释】

①处州：隋唐时旧名，明代为处州府，今浙江丽水市，辖遂昌、缙云、青田、龙泉等9县市。此诗当作于作者官遂昌知县任内。
②蓬城：即今浙江丽水城区，当时为处州府府治。
③瓯（ōu）江：浙江东南部的一条江，流经丽水，至温州入海。

作者名片

　　汤显祖（1550—1616），字义仍，号海若、若士、清远道人，江西临川人，明代戏曲家、文学家。在戏曲创作方面，反对拟古和拘泥于格律。作有传奇《牡丹亭》《邯郸记》《南柯记》《紫钗记》，合称《玉茗堂四梦》，以《牡丹亭》最著名。在戏曲史上，和关汉卿、王实甫齐名，在中国乃至世界文学史上都有着重要的地位。他还是一位杰出的诗人，诗作有《玉茗堂全集》4卷、《红泉逸草》1卷、《问棘邮草》2卷。

译　文

　　我刚刚从莲城踏青回来，只在家置备了菖蒲、竹叶和雄黄酒，我觉得这样就可以过端午了。我明知屈原不是沉溺在我们的瓯江，何必要劳民伤财以如此豪华的龙舟竞渡来凭吊屈原呢？

〔赏析〕

　　这是一首写禁止竞渡的诗，主要描写了端午节的习俗，面对赛龙舟的情景，想起了屈原，表达了自己对端午节赛龙舟时的想法，对劳苦人民的同情。

感　怀

【明】文徵明

三十年来麋鹿踪①，若为老去入樊笼②。
五湖③春梦④扁舟雨，万里秋风两鬓蓬。
远志出山成小草⑤，神鱼失水困沙虫⑥。
白头博得公车⑦召，不满东方一笑中。

【注　释】

①麋鹿踪：喻隐居生涯。
②若为：为什么。老去：作者出为翰林待诏时已五十余岁，故云。樊笼：喻官场。
③五湖：向来说法不一，这里应泛指吴越一带湖泊。
④春梦：春日之梦，喻作者官居翰林的处境。
⑤远志：草名，高七八寸，茎细。小草：中药名，远志的苗。
⑥沙虫：水边草地的小虫，能入皮肤害人。
⑦公车：汉代官署名，臣民上书或被征召，皆由公车接待。

作者名片

文徵明（1470—1559），原名壁（或作璧），字徵明，42岁起，以字行，更字徵仲。因先世为衡山人，故号衡山居士，世称"文衡山"。南直隶苏州府长洲县（今江苏苏州）人。明代画家、书法家、文学家、鉴藏家。文徵明诗文书画无一不精，人称"四绝"，其与沈周共创"吴派"。在画史上与沈周、唐寅、仇英合称"明四家"。在文学上，与祝允明、唐寅、徐祯卿并称"吴中四才子"。

译　文

我三十年来一直过着隐居生活，怎么老了还跑到官场里受束缚。我时常梦到雨天去五湖划小舟，现在却在秋天离乡万里，感叹衰鬓如蓬。远志出了山便成为小草，神鱼失去水便会被沙虫所困。直到白头才被朝廷征召，可我无法像东方朔那般诙谐调笑自遣。

赏析

远志又名葽绕、蕀蒬等。多年生草本，主根粗壮，韧皮部肉质。具有安神益智、祛痰、消肿的功能，用于心肾不交引起的失眠多梦、健忘惊悸、神志恍惚、咳痰不爽、疮疡肿毒、乳房肿痛等。

这首诗前四句描写作者前半生浪迹江湖的自由生活和为名爵所累的矛盾；后四句写做官后悔恨的心情和不称意的处境。诗本愤世，但作者从自责出仕切入，谦和温婉，用典贴切，如同己出。

画堂春·一生一代一双人

【清】 纳兰性德

一生一代一双人，争教两处销魂①。相思相望不相亲，天为谁春？

浆向蓝桥②易乞，药成碧海难奔③。若容相访饮牛津④，相对忘贫。

【注 释】

①争教：怎教。销魂：形容极度悲伤、愁苦或极度欢乐。

②蓝桥：地名。在陕西蓝田县东南蓝溪上，传说此处有仙窟，为裴航遇仙女云英处。此处用这一典故是表明自己的"蓝桥之遇"曾经有过，且不为难得。

③药成碧海难奔：《淮南子·览冥训》："羿请不死之药于西王母，姮娥窃之，奔月宫。"高诱注："姮娥，羿妻，羿请不死之药于西王母，未及服之。姮娥盗食之，得仙。奔入月宫，为月精。"李商隐《嫦娥》："嫦娥应悔偷灵药，碧海青天夜夜心。"这里借用此典说，纵有不死之灵药，但却难像嫦娥那样飞入月宫去，意思是纵有深情却难以相见。

④饮牛津：晋代张华《博物志》："旧说云：天河与海通，近世有人居海诸者，年年八月，有浮槎来去，不失期。人有奇志，立飞阁于槎上，多资粮，乘槎而去。至一处，有城郭状，屋舍甚严，遥望宫中多织妇，见一丈夫牵牛诸次饮之，此人问此何处，答曰：'君还至蜀郡问严君平则知之。'"故饮牛津系指传说中的天河边。这里是借指与恋人相会的地方。

作者名片

纳兰性德（1655—1685），满洲正黄旗人，字容若，号楞伽山人，清代最著名词人之一，原名纳兰成德，一度因避讳太子保成而改名纳兰性德。纳兰性德的词以"真"取胜，写景逼真传神，词风"清丽婉约，哀感顽艳，格高韵远，独具特色"。著有《通志堂集》《侧帽集》《饮水词》等。

译 文

明明是一生一世，天作之合，却偏偏不能在一起，两地分隔。经常想念、盼望却不能在一起，看着这一年一年的春色，真不知都是为谁而来？

蓝桥相遇并不是难事，难的是即使有不死的灵药，也不能像嫦娥那样飞入月宫与她相会。如果能够像牛郎织女一样，渡过天河团聚，即使抛却荣华富贵也甘心。

赏析

这首描写爱情的《画堂春》与纳兰容若以往大多数描写爱情的词不同，以往容若的爱情词总是缠绵悱恻，动情至深处也仅仅是带着委屈、遗憾和感伤，是一种呢喃自语的絮语，是内心卑微低沉的声音。而这一首词直抒胸臆，落落大方，将一段苦恋无果乃至悲痛终生的感情完美呈现，丝毫没有其他爱情词中小女人式的委婉，表达了词人纵然无法相守也保留着一线美好的愿望。

虞美人·黄昏又听城头角

【清】纳兰性德

黄昏又听城头角，病起心情恶。药炉初沸短檠①青，无那残香半缕恼多情。

多情自古原多病，清镜怜清影②。一声弹指泪如丝③，央及东风休遣玉人知④。

【注 释】

①短檠（qíng）：短柄之灯。
②"清镜"句：谓揽镜自照，看到那清瘦的形影着实令人怜惜。清镜，即明镜。清影，清瘦之形影。
③"一声"句：此言吟唱一声《弹指词》便伤心得泪下如丝。弹指，此指顾贞观之《弹指词》。
④央及：恳请，请求。玉人：对所爱者的爱称。

译 文

　　黄昏时分又听到城头传来号角声，病中的我勉强坐起，心情不佳。药刚刚煮沸，灯烛发出青色的光焰，快要烧尽的熏香散发半缕青烟，又勾起无限伤感。

　　自古以来多情者总是多病，我照着镜子，叹惜自己憔悴不堪的容颜。吟唱一句《弹指词》，泪水突然滑落，拜托东风不要把我在病中对你的思念诉与你知道。

〔赏析〕

　　一开篇，作者就描绘了这样一个场面，"黄昏又听城头角，病起心情恶"，黄昏时分，城头号角响起，词人身患疾病，心情异常低落。接着纳兰向我们交代了此时他正在做什么，"药炉初沸短檠青，无那残香半缕恼多情"。

　　那么，纳兰到底是因何而生病呢？他在下片给出了答案："多情自古原多病。"患病之人一般都会自怜自伤，纳兰自然也不例外，更何况是独自病在异乡，没有亲人的悉心照料，没有朋友的嘘寒问暖，所以他只能无奈地揽镜自照，结果看到的却是自己日渐消瘦的容貌。

　　词的结尾两句似乎很好理解，"一声弹指泪如丝，央及东风休遣玉人知"，病中的纳兰触景伤情，以至于轻轻弹一下手指，就伤心得泪下如丝，但是他又不想让想念之人知道自己患病的消息后徒增伤心，于是央求东风不要把这个消息告诉她。

全词浅显易懂，读起来朗朗上口，富有音乐感，充分体现了纳兰词"率直性灵"的风格。

四和香·麦浪翻晴风飐柳

【清】纳兰性德

麦浪翻晴风飐柳①，已过伤春②候。因甚为他成僝僽③？毕竟是春迟逗④。

红药阑⑤边携素手⑥，暖语浓于酒。盼到园花铺似绣，却更比春前瘦。

【注 释】

①风飐（zhǎn）柳：风吹动柳条。飐，风吹物使其颤动摇曳。
②伤春：因春天到来而引起忧伤、苦闷。
③僝僽（chán zhóu）：憔悴。
④迟逗（yǐ dòu）：汪刻本等作"拖逗"。
⑤红药阑：红芍药花之围栏。
⑥素手：洁白的手，多形容女子之手。

【译 文】

夏至春归，伤春的时节已经过了，而他还在因为什么烦恼？原来是伤春意绪仍在，春愁挑逗。

记得当年在芍药花下牵你的手，那耳畔暖语更胜美酒。好不容易盼到了繁花似锦的时候，可如今孤独的人却更加憔悴、消瘦。

〔赏析〕

　　该词上片表述了已经过了伤春时节，但词人的伤春意绪还萦绕在心中。下片道出了虽然已经到了夏天，但伤春意绪还萦绕在词人心中的缘由以及此时此刻的情景、词人心中之感。全词运用了承上启下、寓情于景等手法，表达了词人伤春怀人之情。

于中好·握手西风泪不干

【清】纳兰性德

　　握手西风泪不干，年来多在别离间①。遥知独听灯前雨，转忆同看雪后山。

　　凭寄语，劝加餐。桂花时节约重还②。分明小像沉香③缕，一片伤心欲画难。

【注　释】

①年来句：纳兰为侍卫之臣，扈驾出巡是经常的事，仅清康熙十九年至二十年（1680—1681），纳兰即先后随从皇帝巡幸巩华城、遵化、雄县等地，故云与好友"多在别离间"。
②约重还：约定重阳节的时候回来。
③沉香：中药名。为瑞香科植物白木香含有树脂的木材。

【译　文】

　　在秋风中执手送顾贞观南归，恋恋不舍，想到一年来与好友多次分别，不由得泪流满面。这一年来我们经常分离。遥想你在家乡独坐灯前，听着窗外淅淅沥沥的秋雨，无人可以相伴；转念一想，你我曾经同在雪后看山，也可稍解别后独处的寂寞孤独。

凭借"我"的殷勤话语，你要努力加餐饭，别让身体瘦弱。咱们约定，等到明年桂花开放的时候你要再回来。你的画像在沉香的缕缕轻烟中清晰可见，但是你内心的悲伤是无论如何也无法描画出来的。

〔赏析〕

该词上片想到一年来聚少离多，更增添了此次送别的悲伤。三、四两句遥想别后情景，希望彼此能以相聚时的欢乐战胜别后的孤独寂寞，有情有景，情景相生。过片殷勤叮咛，相约重还的时间。结句写自己独对好友小像以慰相思，从中却看到满面风霜，感受到"一片伤心"，表达了对好友坎坷遭遇的无限同情和深切理解。

临江仙·点滴芭蕉心欲碎

【清】纳兰性德

点滴芭蕉心欲碎，声声催忆当初。欲眠还展旧时书①。鸳鸯小字，犹记手生疏。

倦眼乍低缃帙②乱，重看一半模糊。幽窗③冷雨一灯孤。料应情尽，还道有情无？

【注 释】

①旧时书：爱人当初临摹的书法本子。
②缃帙（xiāng zhì）：套在书上的浅黄色布套，此代指书卷。
③幽窗：幽静的窗户。

译 文

窗外雨打芭蕉声声，唤起了我对于往事的思忆，痛得心欲破碎。临睡前还展开旧时书信，看着那写满相思情意的书笺，记起当时她书写鸳鸯二字时还不熟练的模样。

看着这些散乱的书册，不禁泪眼模糊。在这个冷冷的雨夜里，点着一盏孤灯，独坐这幽暗窗前。料想你我的缘分已尽，可谁又道得清究竟是有情还是无情呢？

〔赏析〕

该词上片回忆往事，抒写了词人与妻子之间的回忆。下片描写周围的景象，表达了词人内心的悲痛之情。全词借景抒情，将词人内心的哀愁与对妻子的无比怀念之情表达得淋漓尽致。

附 录

药名诗

【南朝·梁】萧绎

戍客恒山下，常思衣锦归。

况看春草歇，还见雁南飞。

蜡烛凝花影，重台闭绮扉。

风吹竹叶袖，网缀流黄机。

诅信金城里，繁露晓沾衣。

〔简析〕

　　萧绎（508—554），萧衍第七子。曾做过将军、太守、刺史等官职，公元552年登基做了皇帝，称梁元帝。梁元帝不但治国有方，而且还完成了大量学术著作，如《孝德传》《忠臣传》《注汉书》《周易讲疏》《老子讲疏》《全德志》《江州记》《贡职图》等。

　　此诗前四句为征人的视角。荣归、南飞之雁在平添愁绪的同时，又自然地将诗歌线索带到了闺阁之中。而后六句视角的转换，也正是此诗出彩的关键。后六句从征人视角换而为思妇视角，通过夜晚痴等、白日女工、心理活动三个方面的共同描绘，构成了一个比较丰满、完整的思妇形象。

诗中所用药名繁多。恒山：又名常山、互草，药草名。常思：苍耳，一名常思，药草名。雁南飞：即雁来红，又名后庭花，药草名。蜡烛：药用烛烬，李时珍《本草纲目》云："烛有蜜蜡烛、虫蜡烛、柏油烛、牛脂烛，惟蜜蜡、柏油者，烬可入药。"重台：即玄参，一名重台，一名玄台。竹叶：可入药。流黄：即硫黄，一种矿物，可入药。金城里："里"谐音"李"，指金城李，李为果名。繁露：落葵一名天葵，一名繁露，药草名。

奉和竟陵王药名诗

【南朝·梁】沈约

丹草秀朱翘，重台架危岊。

木兰露易饮，射干枝可结。

阳隰采辛夷，寒山望积雪。

玉泉驱周流，云华乍明灭。

合欢夜暮卷，爵林声夜切。

垂景迫连桑，思仙慕云垆。

荆实剖丹瓶，龙刍汗奔血。

照握乃夜光，盈车非玉屑。

细柳空葳蕤，水萍终委绝。

黄符若可挹，长生永昭晳。

〔简析〕

　　沈约（441—513），字休文，吴兴武康（今浙江湖州德清）人，南朝史学家、文学家。著有《晋书》《宋书》《齐纪》《高祖纪》《迩言》《谥例》《宋文章志》，并撰《四声谱》。作品除《宋书》外，多已亡佚。

　　此诗嵌入药名二十余种，皆以《古本草》，如丹草、朱翘、重台、木兰、射干、辛夷、合欢、连桑、荆实、夜光、玉屑、水萍、黄符等。

满庭芳·静夜思

【宋】辛弃疾

　　云母屏开，珍珠帘闭，防风吹散沉香。离情抑郁，金缕织硫黄。柏影桂枝交映，从容起，弄水银堂。连翘首，惊过半夏，凉透薄荷裳。

　　一钩藤上月，寻常山夜，梦宿沙场。早已轻粉黛，独活空房。欲续断弦未得，乌头白，最苦参商。当归也！茱萸熟，地老菊花黄。

〔简析〕

　　此首词作是辛弃疾写给久别的妻子，表达相思之情。词中用了云母、珍珠、防风、沉香、郁金、硫黄、黄檗、桂枝、苁蓉、水银、连翘、半夏、薄荷、钩藤、常山、缩砂仁、轻粉、独活、续断、乌头、苦参、当归、茱萸、熟地、菊花等25味中药的药名，巧妙地运用了药名字面上的意义，情趣盎然。

药名诗

【元】 陈高

丈夫怀远志，儿女苦参商。
过海防风浪，何当归故乡。

〔简析〕

陈高（1315—1367），字子上，号不系舟渔者，温州平阳（今属浙江）人，元代诗人。顺帝至正十四年进士。仕至庆元路录事，不足三年，自免去，再授慈溪县尹，亦不就。有文集行世。

短短的四句小诗，缀入了"远志、苦参、防风、当归"四味药名。文句明朗自然，诗意清新可读。

荆州即事药名诗八首

【宋】 黄庭坚

四海无远志，一溪甘遂心。
牵牛避洗耳，卧著桂枝阴。

前湖后湖水，初夏半夏凉。
夜阑乡梦破，一雁度衡阳。

千里及归鸿，半天河影东。
家人森户外，笑拥白头翁。

天竺黄卷在，人中白发侵。
客至独扫榻，自然同此心。

垂空青幕六，一一排风开。
石友常思我，预知子能来。

幽涧泉石绿，闭门闻啄木。
运柴胡奴归，车前挂生鹿。

雨如覆盆来，平地没牛膝。
回望无夷陵，天南星斗湿。

使君子百姓，请雨不旋复。
守田意饱满，高壁挂龙骨。

[简析]

这八首描写诗人个人情怀的五言古诗，里面嵌入了远志、半夏、杜衡、白头翁、天竺黄、车前子、覆盆子、柴胡、牛膝等十几种药名。

药名联句

【唐】皮日休 陆龟蒙 张贲

为待防风饼，须添薏苡杯。——张贲

香然柏子后，尊泛菊花来。——皮日休

石耳泉能洗，垣衣雨为栽。——陆龟蒙

从容犀局静，断续玉琴哀。——张贲

白芷寒犹采，青箱醉尚开。——皮日休

马衔衰草卧，乌啄蠹根回。——陆龟蒙

雨过兰芳好，霜多桂末摧。——张贲

朱儿应作粉，云母讵成灰。——皮日休

艺可屠龙胆，家曾近燕胎。——陆龟蒙

墙高牵薜荔，障顿撼玫瑰。——张贲

鼺鼠啼书户，蜗牛上研台。——皮日休

谁能将藁本，封与玉泉才。——陆龟蒙

[简析]

在这首《药名联句》里，每句嵌入一个药名，全诗嵌入了防风、薏苡、柏子、菊花、石耳、垣衣、从容（苁蓉）、续断、白芷、青箱（青箱子）、衰草、蠹根、兰芳、桂末、朱儿、云母、龙胆、燕胎、薜荔、玫瑰、鼺鼠、蜗牛、藁本与玉泉等药名。

减字木兰花·世间药院

【宋】 陈瓘

世间药院。只爱大黄甘草贱。急急加工。更靠硫黄与鹿茸。鹿茸吃了。却恨世间凉药少。冷热平均。须是松根白茯苓。

简析

陈瓘（1057—1124），字莹中，号了斋，沙县城西劝忠坊人。陈瓘为人谦和，不争财物，闲居矜庄自持，不苟言笑，通《易经》。著有《了斋集》《了斋易说》《尊尧集》《论六书》等。该词中的大黄、甘草、硫黄、鹿茸、松根、白茯苓均为药材名。

有惠益母粉及当归者

【宋】 朱翌

多病年来叹早衰，试凭草木为扶微。
关心药裹知多少，系肘方书识是非。
曾子定应怜益母，曹公端解寄当归。
从今洗面饶光泽，血气仍充旧带围。

[简析]

　　朱翌（1097—1167），字新仲，号潜山居士、省事老人。舒州（今安徽桐城）人，卜居四明鄞县（今属浙江）。政和八年，同上舍出身。

　　此诗中的益母粉和当归都为中药。

　　益母草的鲜品春季幼苗期至初夏花前期采割；干品夏季茎叶茂盛、花未开或初开时采割，晒干，或切段晒干。具有活血调经、利尿消肿、清热解毒之功效。用于月经不调、痛经经闭、恶露不尽、水肿尿少、疮疡肿毒等症。

　　当归具有补血活血、调经止痛、润肠通便之功效。常用于血虚萎黄、眩晕心悸、月经不调、经闭痛经、虚寒腹痛、风湿痹痛、跌打损伤、痈疽疮疡、肠燥便秘。酒泡当归可活血通经。用于经闭痛经、风湿痹痛、跌仆损伤等症。

病中宜茯苓寄李谏议

【唐】吴融

千年茯菟带龙鳞，太华峰头得最珍。

金鼎晓煎云漾粉，玉瓯寒贮露含津。

南宫已借征诗客，内署今还托谏臣。

飞檄愈风知妙手，也须分药救漳滨。

[简析]

　　吴融，字子华，越州山阴（今浙江绍兴）人，唐代诗人。吴融诗歌在题材上，呈现一个多元的面相，他有极其深刻讽刺的作品，也有极为轻浅浮靡的作品，更有许多悲秋伤春之作。

茯苓，中药名，味甘、淡，性平。用于水肿尿少、痰饮眩悸、脾虚食少、便溏泄泻、心神不安、惊悸失眠。

硫　黄

【唐】张祜

一粒硫黄入贵门，寝堂深处问玄言。

时人尽说韦山甫，昨日余干吊子孙。

［简析］

张祜（约785—约849），字承吉，清河（今河北清河）人，唐代诗人。家世显赫，被人称作张公子，有"海内名士"之誉。张祜的一生，在诗歌创作上取得了卓越成就。"故国三千里，深宫二十年"，张祜以是得名，《全唐诗》收录其349首诗歌。

硫黄，中药名。外用解毒杀虫疗疮；内服补火助阳通便。外治用于疥癣、秃疮、阴疽恶疮；内服用于阳痿足冷、虚喘冷哮、虚寒便秘等症。

药圃五咏·其二·甘菊

【宋】方一夔

楚客赋夕餐，经传不著名。

野菊或杀人，神农著翳经。

此品甘且辛，丛生数千茎。

分种不封囊，移根或盆盛。

啖茶摘其叶，觞酒啜其英。

风霜振枯槁，气味老更成。

平生攻苦淡，矜此岁晚情。

不独醒头目，吾其寄余龄。

[简析]

　　方一夔（1253—1314），字时佐，淳安富山人。方逢辰侄。幼承家训，壮与何梦桂诸老游。因屡举不第，由有司推荐，领教群庠，续荐为考试官。一夔工诗，尤长五言，与洪震老、吴暾、夏溥、徐夔叟、翁民瞻、余炎叟六先生友善，编所倡和诗为《七子韵语集》。所著《富山先生遗稿》10卷。入《四库全书》。

　　甘菊，中药名。具有清热祛湿之功效。用于湿热黄疸。

药圃五咏·其三·白术

【宋】方一夔

白术号山姜，以西北为上。
近来出古潜，何必论地望。
老鸦衔子去，往往生绝嶂。
岁久根株成，细大极殊状。
洗削事煎烹，补冷逐虚涨。
彼哉不好事，蜜浸溢瓶盎。
游媚富贵人，远作千里饷。
平生不为口，我欲禦烟瘴。

[简析]

白术，别名于术、冬术、浙术、山蓟、山精，中药名。性温，味甘、苦。健脾、益气、燥湿利水、止汗、安胎。属补虚药下属分类的补气药。

药圃五咏·其四·川芎

【宋】方一夔

芎苗高一丈，细花如申椒。
不独服芎根，衣佩或采苗。

清芬袭肌骨，岁久亦不消。

所以湘浦客，洁修著高标。

我老苦多病，风寒首频摇。

愿移一百本，溉根豁烦嚣。

虽无下女遗，乾叶插盈腰。

逃泥赍旦暮，不学楚人谣。

［简析］

川芎，一种中药植物，常用于活血行气，祛风止痛，川芎辛温香燥，走而不守，既能行散，上行可达巅顶；又入血分，下行可达血海。活血祛瘀作用广泛，适宜瘀血阻滞各种病症；祛风止痛，效用甚佳，可治头风头痛、风湿痹痛等症。昔人谓川芎为血中之气药，殆言其寓辛散、解郁、通达、止痛等功能。

黄 连

【明】吴宽

花细山桂然，阶下不堪嗅。

野人其根，根长节应九。

苦节不可贞，服食可资寿。

其功利于病，有客嫌苦口。

戒予勿种兹，味苦和难受。

岂不见甘草，百药无不有。

﹝简析﹞

　　吴宽（1435—1504），字原博，号匏庵、玉亭主，世称匏庵先生，直隶长州（今江苏苏州）人，明代名臣、诗人、散文家、书法家。吴宽的诗深厚浓郁，自成一家，著有《匏庵集》。又擅书法，作书姿润中时出奇崛，虽规模于苏，而多所自得。

　　黄连，中药名。别名味连、川连、鸡爪连，为毛茛科、黄连属多年生草本植物，叶基徨，坚纸质，卵状三角形，三全裂，中央裂片卵状菱形，羽状深裂，边缘有锐锯齿，侧生裂片不等二深裂。野生或栽培于海拔 1000～1900m 的山谷凉湿荫蔽密林中。有清热燥湿、泻火解毒之功效。主治湿热痞满、呕吐吞酸、泻痢、黄疸、高热神昏、心火亢盛、心烦不寐、心悸不宁、血热吐衄、目赤、牙痛、消渴、痈肿疔疮；外治湿疹、湿疮、耳道流脓等症。

决　明

【明】吴宽

黄花隐绿叶，雨过仍离披。

不为杜老叹，未是凉风时。

服食治目眚，吾将采掇之。

不须更买药，园丁是医师。

〔简析〕

决明，一年生亚灌木状草本植物，直立、粗壮，高可达2米。决明的种子是常用中药决明子，具有清肝明目、通便的功能。主治高血压、头痛、眩晕、急性结膜炎、角膜溃疡、青光眼、痈疖疮疡等症。用其叶泡茶，中老年人长期饮用，可使血压正常，大便通畅。

牵 牛

【明】吴宽

《本草》载药品，草部见牵牛。

薰风篱落间，蔓生甚绸缪。

谁琢紫玉簪，叶密花仍稠。

日高即揪敛，岂是朝菌俦。

阴气得独盛，下剂斯见收。

便须作花庵，谁与迂叟谋。

〔简析〕

牵牛，一年生缠绕草本。这一种植物的花酷似喇叭状，因此有些地方叫它做"喇叭花"。牵牛花一般在春天播种，夏秋开花，其品种很多，花的颜色有蓝、绯红、桃红、紫等，亦

有混色的，花瓣边缘的变化较多，是常见的观赏植物。种子为常用中药，名丑牛子（云南）、黑丑、白丑、二丑（黑、白种子混合），入药多用黑丑，白丑较少用。有泻水利尿、逐痰、杀虫的功效。

谢顾良弼送甘州枸杞

【明】吴宽

畦间此种看来无，绿叶尖长也自殊。

似取珊瑚沉铁网，空将薏苡作明珠。

菊苗同摘凭谁赋，药品兼收正尔须。

曾是老人宜服食，只今衰病莫如吾。

〔简析〕

　　枸杞这个名称始见于中国两千多年前的《诗经》。明代的药物学家李时珍云："枸杞，二树名。此物棘如枸之刺，茎如杞之条，故兼名之。"枸杞叶：苦、甘；性凉。枸杞子：养肝、滋肾、润肺。枸杞叶：补虚益精、清热明目。根皮（中药称地骨皮）具有凉血除蒸、清肺降火等功效。

枸 杞

【宋】苏轼

神药不自閟，罗生满山泽。

日有牛羊忧，岁有野火厄。

越俗不好事，过眼等茨棘。

青黄春自长，绛珠烂莫摘。

短篱护新植，紫笋生卧节。

根茎与花实，收拾无弃物。

大将玄吾鬓，小则饷我客。

似闻朱明洞，中有千岁质。

灵庞或夜吠，可见不可索。

仙人倘许我，借杖扶衰疾。

简析

　　这首诗的大致意思是：好的药物是不会自己隐蔽起来的，星罗棋布地生满山坡，百日有牛羊扰挠，每岁还有野火的焚烧，越地的风俗不重视枸杞，把它当成茨棘看待，青春的嫩芽在春天里自然生长，结出烂漫的红果实也不去摘。我把它移植过来护上短篱笆，紫笋似的芽从节中生出，它的根茎和果实都对人有用，没有可抛弃的地方，大的效用可以使我鬓发玄黑，小的效用则可用来馈赠宾

客。听说罗浮山洞里有千年生的枸杞，但守洞的仙狗有时夜吠，所以不能索取。倘许我长寿，那就借助枸杞来治愈我的衰弱之疾。

　　大文豪苏轼一生仕途坎坷，屡遭贬谪，迁徙多地，历经磨难，但享年仍近古稀，这在当时已属高寿，与他善于养生、注重保健有密切的因果关系。苏轼主张适当服药养生是长寿的得力措施。所以，他在庭院中种植枸杞，供自己食用及宴请宾朋，《枸杞》一诗就是他潜心服药养生的真实写照。

贝　母

【魏晋】张载

贝母阶前蔓百寻，双桐盘绕叶森森。
刚强顾我蹉跎甚，时欲低柔惊寸心。

〔简析〕

　　张载（生卒年不详），安平（今河北安平）人。性格娴雅，博学多闻。张载今存诗10余首。较可取的有《七哀诗》2首。此外，张载还有几篇赋、颂和铭文。其中《蒙汜赋》当时曾受到傅玄的推崇，是张载的成名之作。

贝母：多年生草本植物，其鳞茎供药用，药材"贝母"为本属植物的干燥鳞茎，有悠久的使用历史。入药具有止咳化痰、清热散结的功效，对肺热燥咳、干咳少痰、阴虚劳嗽、痰中带血、瘰疬、乳痈、肺痈等症有治疗作用。

薄　荷

【宋】彭汝砺

神农取辛苦，病客爱清新。

寂淡花无色，虚凉药有神。

烦心侵冰雪，眩目失埃尘。

自是芝兰臭，非同草木春。

〔简析〕

彭汝砺（1041—1095），字器资，祖籍江西袁州区，饶州鄱阳（今江西鄱阳滨田村）人。彭汝砺以气节相尚，膺有士望，为宋朝一代直谏名臣。著《易义》《诗义》《诗文》共50卷，《鄱阳集》等。

薄荷：中药名，别名叫"银丹草"。它是发汗解热药，治流行性感冒、头疼、目赤、身热、咽喉、牙床肿痛等症。

百　合

【宋】舒岳祥

收合千戏不上枝，绿茎丹萼称施为。
灯笼翠干从高揭，火伞流苏直下垂。
文豹翻身腾彩仗，赤龙雷爪摆朱旗。
莫疑衰老多夸语，渍蜜蒸根润上池。

简析

　　舒岳祥（1219—1298），字景薛，一字舜侯，人称阆风先生，浙江宁海人。幼年聪慧，7岁能作古文，语出惊人。晚年潜心于诗文创作，虽战乱频繁，颠沛流离，仍奋笔不辍。诗文与王应麟齐名。代表作品有《史述》《汉砭》《补史家录》等220卷，统称《阆风集》。

　　百合，中药名。具有养阴润肺，清心安神之功效。常用于阴虚燥咳、劳嗽咯血、虚烦惊悸、失眠多梦、精神恍惚等症。

答开州韦使君寄车前子

【唐】张籍

开州午日车前子，作药人皆道有神。
惭愧使君怜病眼，三千余里寄闲人。

[简析]

　　张籍(约766—约830),字文昌,唐代诗人,和州乌江(今安徽和县乌江镇)人。世称"张水部""张司业"。张籍为韩愈大弟子,其乐府诗与王建齐名,并称"张王乐府"。代表作有《秋思》《节妇吟》《野老歌》等。

　　车前子,性味甘寒,入肾、膀胱、肝、肺经,功能利水通淋、渗湿止泻、清肝明目、清热化痰,为常用药材。

寄何首乌丸与友人

【宋】文同

此草有奇效,尝闻于习之。

陵阳亦旧产,其地尤所宜。

翠蔓走岩壁,芳丛蔚参差。

下有根如拳,赤白相雄雌,

劚之高秋后,气味乃不亏。

断以苦竹刀,蒸曝凡九为。

夹罗下香屑,石密相和治。

入臼杵万过,盈盘走累累。

日进岂厌屡,初若无所滋。

渐久觉肤革,鲜润如凝脂。

既已须发换，白者无一丝。

耳目固聪明，步履欲走驰。

十年亲友别，忽见皆生疑。

问胡得尔术，容貌曾莫衰。

为之讲灵苗，不为世俗知。

盖以多见贱，蓬蘽同一亏。

君如听予服，此语不敢欺。

勿信柳子厚，但夸仙灵脾。

简析

　　文同（1018—1079），字与可，号笑笑居士、笑笑先生，人称石室先生，梓州梓潼郡永泰县（今属四川省盐亭县）人，北宋著名画家、诗人。他与苏轼是表兄弟，以学名世，擅诗文书画，深为文彦博、司马光等人赞许，尤受其从表弟苏轼敬重。

　　何首乌，中药名，具有补益精血（制用）、解毒、截疟、润肠通便（生用）的功效。主治精血亏虚、头晕眼花、须发早白、腰膝酸软、久疟、痈疽、瘰疬、肠燥便秘等症。

远　志

【清】龚自珍

九边烂数等雕虫，远志真看小草同。

枉说健儿身在手，青灯夜雪阻山东。

[简析]

龚自珍（1792—1841），字璱人，号定盦（一作定庵），浙江临安（今杭州）人，清代思想家、诗人、文学家和改良主义的先驱者。他的诗文主张"更法""改图"，揭露清统治者的腐朽，洋溢着爱国热情，被柳亚子誉为"三百年来第一流"。著有《定盦文集》，留存文章300余篇，诗词近800首，今人辑为《龚自珍全集》。著名诗作《己亥杂诗》共315首。多咏怀和讽喻之作。

远志，又名葽绕、蕀蒬等。多年生草本，主根粗壮，韧皮部肉质。具有安神益智、祛痰、消肿的功能，用于心肾不交引起的失眠多梦、健忘惊悸、神志恍惚、咳痰不爽、疮疡肿毒、乳房肿痛等症。